EL CHAMÁN
DE MACHU PICCHU

EL CHAMÁN
DE MACHU PICCHU
Una vivencia para crecer

LILIA REYES SPÍNDOLA

Grijalbo

El chamán de Machu Pichu
Una vivencia para crecer

Primera edición para México: julio, 2011
Primera edición para Estados Unidos: julio, 2011
Primera edición en tapa dura: julio, 2011

D. R. © 2011, Lilia Reyes Spíndola

D. R. © 2011, derechos de edición mundiales en lengua castellana:
Random House Mondadori, S. A. de C. V.
Av. Homero núm. 544, col. Chapultepec Morales,
Delegación Miguel Hidalgo, 11570, México, D. F.

www.rhmx.com.mx

Comentarios sobre la edición y el contenido de este libro a:
megustaleer@rhmx.com.mx

ISBN 978-607-310-541-5 (Random House Mondadori México)
ISBN 978-030-788-291-2 (Random House Inc.)
ISBN 978-607-310-601-6 (tapa dura)

Impreso en México / *Printed in Mexico*

Distributed by Random House Inc.

*Dedico este libro a todos los "Tatas" o "Taytas"
indígenas que nos han dejado un mensaje
puro y poético por medio de su sabiduría y sus
tradiciones, y a todas las almas que se esfuerzan
por no dejar que nuestras razas y sus ideales
mueran asfixiadas por el polvo del olvido.*

Índice

Agradecimiento

Al maestro David Wood Cano, arqueoastrónomo, por la asesoría que me ha dado en este libro referente al aspecto histórico tanto de la cultura andina como de la cultura mexica.

Prólogo

El chamán de Machu Picchu, de Lilia Reyes Spíndola, pertenece a ese selecto grupo de obras literarias cuya lectura puede generar, en muchos lectores, una nueva forma de pensar y de valorar la realidad.

El argumento del libro es el relato de un recorrido iniciático a través del conocimiento de un chamán, desde el Cusco —la capital imperial de los incas— hasta un lugar enclavado en el corazón de los Andes, en el mágico centro ceremonial de Machu Picchu.

Ahora bien, lo verdaderamente trascendente de esta obra no es la bien lograda descripción de los bellos paisajes por los que serpentea la mencionada ruta, sino el hecho de que la autora narra que, simultáneamente con el recorrido físico, se desarrolla en su interior una auténtica trasmutación, una ampliación de conciencia que habrá de permitirle una mayor y mejor conexión con lo sagrado.

Se trata por lo tanto de una experiencia mística y, aun cuando la explicación de esta clase de experiencias siempre resulta en extremo difícil para quienes la tienen, en el presente caso esto se logra con gran sencillez y precisión.

Gracias a la ayuda del chamán que la acompaña y a su actitud de apertura, la autora va descubriendo en su viaje la poderosa energía que poseen ciertos lugares de Machu Picchu, así como la gran sabiduría de las civilizaciones andinas y la profunda similitud existente entre éstas y las florecidas en México.

Además de construir un valioso testimonio de interesantes vivencias personales, esta obra representa una prueba más de ese proceso de renacimiento espiritual que se experimenta actualmente en buena parte del continente americano y que se sintetiza con la simbólica expresión de "La unión del águila y el cóndor".

Revitalizadas con la aportación del mensaje cristiano, las raíces ancestrales de las culturas indígenas cobran nueva fuerza, dando así cumplimiento a la profecía de José Vasconcelos plasmada en el escudo de la UNAM: "Por mi raza hablará el espíritu".

De igual forma, la aparición de este libro constituye una comprobación de cuál es el signo principal de nuestros tiempos: el retorno de lo sagrado.

Cualquier observador imparcial puede percatarse de que está ocurriendo el final de una era y, con el correspondiente derrumbe de toda clase de estructuras e instituciones, se está produciendo el inicio de una nueva edad histórica, caracterizada en lo que a espiritualidad se refiere por una actitud ecuménica, que toma en cuenta todas las experiencias auténticas que existen en esta materia, y que constituye la herencia más valiosa de la humanidad.

Estoy seguro de que la lectura de esta obra será, para muchas personas, un acontecimiento muy importante y positivo en su existencia.

ANTONIO VELASCO PIÑA

Introducción

Fue un 3 de agosto de 1491, año del Señor, o el 13 de agosto en el calendario Gregoriano, calendario que operó hasta 1583 en tierras americanas. Ese día salieron del Puerto de Palos, en la península ibérica, las tres famosas carabelas, *la Niña*, *la Pinta* y *la Santa María*, que conducirían a Cristóbal Colón y a sus hombres al Nuevo Mundo. Nuevo mundo para los europeos, pues estas tierras tenían alrededor de 40000 años de haber sido habitadas y al menos 8000 años de majestuosas e impresionantes civilizaciones que se habían gestado a través del tiempo.

Cristóbal Colón creía haber encontrado un nuevo camino para llegar a la India, por eso les llamó *indios* a los habitantes de estas tierras, y nunca se corrigió ese error. Por ello, se les sigue llamando indios a los descendientes de aquellas prodigiosas civilizaciones.

Los europeos arribaron a una tierra de pueblos totalmente desarrollados culturalmente, que estaban en la plenitud de su esplendor expansionista, ya que sus redes de intercambio se estaban ampliando y la comunicación se daba a lo largo y ancho de un continente que ellos llamaban Abyayala.

Al momento de la llegada de los europeos, en este continente estaban a punto de integrarse las áreas de Mesoamérica y el mundo andino conocidas como Anáhuac-Tawantinsuyo, términos de las lenguas náhuatl (mexica) y quechua (inca) que hacían alusión a los cuatro rumbos del universo, o regiones sagradas, que estaban rodeadas por el agua de los océanos que, posteriormente, los europeos llamaron Atlántico y Pacífico. Hernán Cortés llegó a México-Tenochtitlan en 1519, y Francisco Pizarro invadió el Cusco en 1534. Curiosamente, a estas dos portentosas ciudades les llamaban "El ombligo del mundo" en su lengua original y, también curiosamente, estos dos personajes eran originarios de la ciudad española de Extremadura. Incluso eran primos y, desgraciadamente, ambos eran movidos por el mismo sentimiento de aventura y avaricia.

Su intención era apoderarse a capa y espada, y a sangre y fuego, de la mayor cantidad de riquezas, oro, tierras y seres humanos para esclavizarlos, humillándolos y torturándolos en nombre de un rey que nunca pisó tierras americanas.

Llegaron además hablando de un Dios totalmente desconocido para los habitantes de estas tierras, ya que ellos veneraban a la naturaleza eterna y al universo infinito. Eran personas con un alto nivel cultural y con conocimientos astronómicos elevadísimos.

La llegada de los hombres blancos y barbados fue fatídica para estos pueblos, ya que los europeos fueron portadores de un arma bacteriológica letal llamada viruela o peste bubónica, que exterminó a más de 13 millones de los habitantes y dueños de estas tierras.

De esto ya casi han pasado 520 años y felizmente no todo se perdió, pues han quedado como testigos fieles sus pirámides y construcciones, sus códices, sus tradiciones y el invaluable legado de conocimiento ancestral.

Según la visión filosófica de nuestros ancestros, nos aprestamos a concluir una era astronómicamente determinada, para iniciar un nuevo primer ciclo, en el cual se recuperarán sus enseñanzas y la herencia de su filosofía, que aún sobrevive resguardada en las tradiciones.

El alma de nuestros pueblos se conserva protegida por sus costumbres milenarias; todavía se hablan diversas lenguas, se cultiva la tierra, se teje la ropa, se crean artesanías de todo tipo y se cree fervientemente en la memoria sagrada de nuestras culturas. Al evaluar la herencia histórica que nos legaron nuestros Tatas, nos damos cuenta de la gran pérdida de valores y de deshumanización que hemos sufrido los seres humanos con la modernidad, con la tecnología artificial, pues nos hemos ido alejando de todo lo simple y significativo de la naturaleza.

Es en este sentido que la sensible escritora y amiga invaluable, Lilia Reyes Spíndola, nos transporta deliciosamente al corazón del mundo andino, compartiéndonos los pormenores de su viaje mágico, guiada por sabios amautas de tradición chamánica, que nos remontan a la época del Cusco y Machu Picchu incaicos, revelándonos y confirmándonos que la profecía sobre la unión del Águila y el Cóndor, el Anáhuac-Tawantinsuyo ancestral, no es ningún mito. Tanto en los antiguos testimonios documentales históricos como en las sencillas vivencias de todos nosotros está perfectamente señalado que, al término del ciclo Pachacuti-Quinto Sol (2011-2013), llegará el tiempo de cambios, en el que nos uniremos en una misión colectiva de servicio, para poder acercarnos a nuestros pueblos hermanos, identificándonos desde nuestros orígenes prehispánicos.

Estamos viviendo ya las señales diarias que la Madre Naturaleza nos comunica para despertar conciencia. Debemos poner atención, pues son avisos urgentes y dolorosos de cambios que vendrán entre una mezcla de asombro, estupor y emociones encontradas.

En el Museo de Antropología de la Ciudad de México se encuentra ese maravilloso testimonio pétreo conocido como el Calendario Azteca o la estela de los soles cosmogónicos.

La piedra del Calendario Azteca dice que la humanidad ha pasado por cuatro diferentes eras o ciclos de tiempo, y transitamos viviendo en el actual Quinto Sol, *Nahuiollin* "Sol de Movimiento", era cosmogónica que está a punto de terminar en medio de catástrofes, para iniciar una nueva era o primer sol. Está llegando ese momento que nuestros ancestros esperaron, buscaron y promovieron: la unión.

La posibilidad de iniciar una nueva era de enlace espiritual entre todas las antiguas tradiciones de nuestro continente o tal vez del mundo entero, nos da la esperanza de vivir una era en la cual transitemos hacia una verdadera paz con conciencia.

Los abuelos nos dijeron:

"Sólo un poco aquí en esta tierra, al menos flores, al menos cantos."
"Tlazocamahtimiec."
"Ama Sua, ama llulla, ama Quella."

DAVID WOOD CANO
(Nahuicoatl Acate)
arqueoastrónomo

Nota importante

Al final de cada capítulo, encontrarás la explicación del aprendizaje que va dejando cada vivencia en el recorrido por uno de los caminos que llevan hacia el despertar de conciencia. Posteriormente, viene una guía para trabajar con las cualidades que poseemos todos los seres humanos y que nos ayudan a realizar ese viaje hacia el alma, hacia nuestro interior, para saber realmente quiénes somos y así conocer nuestra parte de luz y ubicar nuestros rincones con sombras. De esta manera podremos trabajar en nosotros mismos para evolucionar en nuestro grado de conciencia.

La sabiduría simple y profunda que nos legaron nuestros ancestros nos ayudará a penetrar en los secretos de la naturaleza. Éste es el conocimiento puro, que ellos aprendieron por medio de la observación y la convivencia directa, y la transmitieron por medio de la comunicación oral, las tradiciones, los rituales, y mediante cada enseñanza envuelta con respeto y amor hacia la vida.

Cada capítulo concluye con una meditación escrita que ayuda para comenzar a entrenar a la mente, para que aquieten los caballos desbocados que son los pensamientos, para dominar los impulsos del cuerpo físico, y para practicar a entrar en el silencio.

La meditación te servirá como una disciplina espiritual, con la cual lograrás poner armonía dentro de ti, actitud que se reflejará en todos los actos que realices en tu vida.

Te invito a recorrer los bellos senderos del Cusco y Machu Picchu conmigo, al lado de un chamán andino, hombre de conocimiento y guardián de los tesoros de la vida. Es un hombre que conoce la medicina que regalan las plantas y la tierra misma, un profundo observador del cielo y de los fenómenos mágicos de los cuatro elementos y el éter, un intermediario que nos ayuda a entrar en contacto amistoso con la naturaleza, las montañas, los ríos, el viento, el fuego, las nubes, la luna y el sol, para que aprendamos a volar con las alas del cóndor.

Permite que tu imaginación salga libre para crear milagros.

La razón y el propósito de este libro

Este libro lo escribí porque obedecí a mi intuición, pues una fuerza dentro de mí me impulsaba a hacerlo, era un llamado que me llegaba desde el alma. Sentí que la experiencia de Machu Picchu y todo el aprendizaje que obtuve en este viaje iba a servirnos a muchos seres para "despertar conciencia", para darnos cuenta de que nuestros antepasados indígenas son nuestras raíces y tienen mucho que enseñarnos; que su cercanía con la naturaleza, su lozanía, su sencillez y ese dejo maravilloso de inocencia toman vida a través de sus tradiciones, sus rituales naturales y su fe verdadera en las energías que forman la vida y que nos regala Dios. A medida que escribía mis vivencias, iba creciendo en mí la magia que se desprendía de la montaña sagrada de Machu Picchu que me envolvía nuevamente y quería continuar captando todos los mensajes que me llegaban a través del lenguaje simbólico de todo lo que me iba sucediendo en el transcurso de la historia.

Es por eso que me tomé la libertad de insertar en la narración conceptos que sirven para despertar conciencia, para así poder aterrizar en la realidad los ideales y los sueños de los indígenas, nuestros Tatas o Taytas. Anhelo que todos los que tengamos contacto con estas enseñanzas obtengamos provecho de ellas y apliquemos en nuestra vida esta sabiduría legendaria y pura. Entonces, tal vez, nos daremos cuenta de la gran falta de respeto que le hemos tenido al planeta Tierra, cómo hemos maltratado a la naturaleza y cómo hemos olvidado lo importante que es para nosotros, atentando contra la vida misma.

Todos somos instrumentos de Dios, y todos debemos asumir la responsabilidad de amar, de servir y de respetar a nuestros semejantes y a nuestras raíces.

Tu amiga LILIA

Mestizaje

Actualmente, la mayoría de los seres humanos somos una mezcla de sangres y de razas. Debemos considerar este mestizaje como algo que vino a enriquecernos, pues extraemos de él un conocimiento y un sentimiento digno e invaluable, que hemos heredado de nuestros antepasados y que nos otorga cualidades especiales para sobrevivir y evolucionar durante nuestra estadía en el planeta Tierra.

Debemos aprender a convivir con nuestro mestizaje y sacar lo mejor de su herencia, estar conscientes de las enseñanzas que nos dejan sus tradiciones y sus creencias, porque todas son nobles y debemos respetarlas.

¡Atrévete, invita a salir a la luz del día tus raíces! No las debemos negar, porque nuestra alma sufre, no las queramos disfrazar. ¡Debemos sentir orgullo porque en nosotros está la suma de diferentes e imponentes civilizaciones!

1

Hacia la aventura

Desde la ventanilla del avión vi alejarse poco a poco la ciudad de Buenos Aires que tanto quiero. Qué triste es despedirse, decir adiós. Bendito sea Dios que existe la esperanza, porque alivia mucho el alma. Espero regresar pronto, muy pronto.

La emoción que sentía era grande; iba rumbo a Perú, a realizar un sueño que tenía desde hace mucho tiempo: conocer Machu Picchu, la ciudad sagrada de los incas que se encuentra situada en lo alto de una montaña entre las nubes. Siendo mexicana, estoy familiarizada con los sitios arqueológicos, pues en México tenemos una gran riqueza de ellos y todos son maravillosos. Los visito con frecuencia, pues admiro y amo nuestra cultura, respeto profundamente el legado que nos dejaron nuestros antepasados indígenas, ya que nos heredaron dignidad, valores, majestuosidad, sensibilidad y una gran sabiduría. Estoy muy orgullosa de mi país.

No sabía exactamente qué iba a encontrar en la tierra de los incas, pero sabía que este viaje significaba ascender un peldaño más hacia mi evolución como alma, lo presentía; mi intuición estaba abierta para recibir la enseñanza que necesitaba. Mi anhelo de visitar ese sitio, lleno de misterio y misticismo, me anunció que ahí encontraría nuevas formas de descubrir la luz de mi interior.

El monótono sonido del motor del avión me adormecía, y mi pensamiento me transportó a la sala de mi prima Lupita, ese bello departamento en el corazón de Buenos Aires. Me encontraba acompañada por Roberto, Lucía y Lupita, rodeada por ese calor que transmite el cariño. Estabamos felices, platicando entusiasmados, proyectando mi viaje mágico a Perú.

Lucía y Roberto son una pareja incomparable, ambos son sabios maestros y terapeutas, su vida está encaminada a cumplir con su misión de servicio. Son místicos, meditadores, intelectuales, objetivos, e incansables trabajadores.

Roberto, además de los muchos cursos que imparte, se da tiempo para formar grupos que él mismo guía por el recorrido del camino de los incas, que se inicia en el lago Titicaca, en Bolivia. En Cusco siguen el sendero hecho por los incas, que los lleva hasta la ciudad sagrada de Machu Picchu.

Esta caminata se realiza como un aprendizaje a nivel espiritual. Se va aprendiendo por medio de las vivencias diarias del camino. Es un despertar interior, aprender a superar las limitaciones del cuerpo físico y aplicar la voluntad y la atención en todas las dificultades y pruebas que se deben enfrentar en el trayecto. Es descubrir las claves secretas del camino. Es un sendero hacia el misticismo del alma. Es observarse y conocerse a sí mismo. Es autodescubrirse.

Lucía y Roberto estudian y recopilan información sobre las diferentes raíces indígenas y mágicas de Sudamérica. Lupita es una intelectual soñadora, que aterriza ideales y que busca la interpretación lógica de los fenómenos esotéricos. Estudia y lee con ahínco, buscando explicaciones para poder servir de puente y de conexión entre los diferentes grupos de individuos que se ocupan de despertar la conciencia y recordar los valores.

Se pueden imaginar la vibración en la que estabamos sumergidos los cuatro: todos teníamos mucho en común, nos movían los mismos intereses, y todos teníamos la sensibilidad a flor de piel.

—Lilia, el viaje que vas a realizar es muy importante, pues es un anhelo que vas a hacer realidad —me dijo Roberto con una expresión en la que se mezclaba la seriedad con el cariño—; es necesario que tengas al guía adecuado. Tú sola no vas a poder entender los simbolismos que debes descifrar para crecer con esta experiencia.

—Estoy consciente de ello, Roberto —le respondí agradecida—, es por eso que les pedí a ti y a Lucía que me orientaran.

—¡Qué bueno que nos buscaste! Porque debes comenzar primero por hacer un trabajo de purificación y apertura espiritual, para poder entender y captar todos los mensajes que vas a recibir. Además vas a estar expuesta a energías poderosas.

—Sí, lo sé. Confío en que me digas por dónde debo empezar y a quién debo acudir —le dije llena de interés.

Roberto se acomodó en el sillón y me mostró su interés en esta conversación. Me estuvo dando la información que sería determinante para ese viaje, y me lo hizo sentir con su tono de voz y su mirada.

—Llegando a Cusco te vas a poner en contacto con un amigo mío que se llama Cucho.

La mención del nombre me hizo sentir cierta familiaridad con ese hombre, del que sólo me pude formar una imagen mental.

—Es un chamán andino que vive cerca de Machu Picchu. Tiene una pequeña agencia de viajes y con él organizo los grupos. Dirige los rituales y nos guía en la ciudad sagrada. Te va a impactar por su gran conocimiento y sabiduría.

—No sólo posee conocimiento —intervino Lucía—, también es mágico.

Lupita escuchaba intrigada en silencio, sé que lamentaba no poder hacer el viaje conmigo.

—El próximo viaje no me lo pierdo, lo prometo —me dijo, un tanto decepcionada de no poder compartir las experiencias que, desde ese momento, se me anunciaban.

Roberto continuó relatándome sus experiencias, me mostró un libro con fotos increíbles. Ver esas imágenes me hizo sentir aún más emoción. Supe que sería el escenario de una experiencia que me enriquecería de manera trascendente. Me dio una lista de libros que debía leer antes de llegar y me aconsejó acerca de lo que debía llevar, como loción contra los mosquitos, pues hay muchos. Me sugirió también qué ropa era la más adecuada, y me recomendó lugares, hoteles, comidas, e hizo hincapié en que Cucho se haría cargo de los boletos en Machu Picchu, que no me preocupara.

—El tiempo se ha ido rapidísimo —comentó Roberto—, y ya es muy tarde. El efecto del café nos ha hipnotizado. Debemos irnos, porque Lucía y yo tenemos clases temprano y tú, Lilia, tienes mucho que arreglar.

Mientras mis dos amigos se ponían de pie, Roberto prosiguió:

—Ya tienes el número de Cucho, llámalo mañana para que él prepare todo. Es indispensable que lo hagas ya, pues este chamán andino está muy ocupado, ya que es muy respetado y conocido en Machu Picchu —caminábamos hacia la puerta, al tiempo que Roberto seguía explicándome.

—No te imaginas la cantidad de personas que lo buscan, espero que lo localices pronto —me dijo Lucía—. Y recuerda, amiga querida: no son las explicaciones las que te van hacer avanzar en el camino, lo único que te mantiene avanzando sin desistir es tu voluntad.

Antes de partir, Roberto y Lucía me dieron un regalo. Cuando lo sacaron, vi un objeto pequeño que de inmediato atrajo mi atención. Era una cruz hecha de piedra, llamada *chakana*. Era la cruz andina, conocida también como la Cruz del Sur, y me explicaron su simbolismo completo.

La *chakana* es un símbolo astronómico andino que, en lengua quechua quiere decir "puente". Es una cruz cuadrada escalonada, que permite la comunicación entre el plano celeste, la región invisible y la superficie terrestre.

Representa también la constelación de Orión. El círculo interior ubica a la Luna con respecto a esta constelación durante las fechas sagradas. Por ello, se encuentra presente en diferentes etapas históricas del mundo andino.

Por medio de esta cruz, los seres humanos pueden convivir con los principios generadores, o sea las deidades: Taita Inti (el Sol), Mama Killa (la Luna), Chaska Coiullur (Venus) y el Mayu (Vía Láctea).

Éste es el simbolismo y el bello mensaje espiritual que nos regala una *chakana*.

La *chakana* que me regalaron estaba hecha de una piedra que provenía de las montañas cercanas al lago Titicaca, en Bolivia, allí en donde nació la civilización de los incas. Al tocarla pude sentir que era como mi pasaporte para entrar al conocimiento de este mágico y maravilloso pueblo, y sentí también que sería mi compañera en este viaje tan anhelado. Me la colgué de inmediato.

Roberto se regresó de la puerta del elevador y me dijo:

—Se me estaba olvidando: dile a Cucho que te dé la dirección de Mauro, pues no la traje conmigo. Este hombre es un ser muy especial, es vidente. También es un chamán andino, y tiene una tienda en donde vende antigüedades y artesanías de los lugareños. Es una persona muy especial; sólo si quiere y siente tu vibración afín a la de él, te dice algo. No cobra, pero te aseguro que te va a sorprender.

Pensé que me sentiría muy afortunada de poder platicar con él y, sobre todo, de sintonizarme en su misma frecuencia. Si aquel hombre percibía mi vibración, seguramente me daría más luz de la que iba a recibir.

—Por favor, salúdalos mucho de nuestra parte, y dile a Cucho que el mes que entra vamos para allá, con un grupo.

Mis amigos se fueron, dejando una estela de nostalgia y la promesa de reencontrarnos pronto.

Lupita y yo nos quedamos intrigadas y, mientras cruzábamos miradas, me dijo:

—Vas a tener que contarme tantas cosas.

Al día siguiente comencé a buscar a Cucho. Lucía tenía razón, era muy difícil de encontrar, era un hombre muy solicitado y ocupado. Hasta el segundo día pude hablar con él para que nos pusiéramos de acuerdo. Le dije el día de mi llegada y el hotel en donde iba a quedarme en Cusco y él me dio un teléfono y el nombre de una mujer que me iba a contactar allá. Su nombre era María y ella iba hacer todos los arreglos para iniciar los rituales de purificación, aprovechando mi estancia en Cusco, pues era allí en donde arrancaría mi iniciación.

El sonido del avión me arrulló y me quedé dormida. Desperté cuando la aeromoza me preguntaba si quería comer algo; respondí que sí y pensé que era una suerte que no me hubiera tocado alguien sentado a mi lado, pues estaba muy a gusto sola con mis pensamientos.

Miré por la ventanilla y vi el paisaje majestuoso y maravilloso de la Cordillera de los Andes. Todo estaba nevado, todo era armonía y belleza. Pronto estaría caminando en algún lugar de su geografía.

Cuando surgió en mí la inquietud de realizar este viaje a Machu Picchu, muchas personas que me quieren me dijeron que estaba loca, que cómo iba a hacerlo sola, que era muy peligrosa la situación política que se vivía, que no había seguridad y que una mujer sola estaba expuesta a muchas experiencias desagradables y peligrosas.

Yo no permití que nada de lo que me decían cambiara mi anhelo de ir a Machu Picchu; no me permití caer en las redes de sus suposiciones y sus miedos.

Le compartí mi sueño de aventura mística a mi esposo, quien siempre ha respetado mi libertad y, en muchas ocasiones, ha sido el viento que ha impulsado mis alas para poder volar. Después de escucharme, me dijo que sí, que con este viaje iba a crecer, que lo hiciera, que realizara mi sueño, y me dio la bendición.

Estaba feliz, ya había tomado la decisión y estaba poniendo a prueba mi coraje.

Al ser el futuro un misterio que está encerrado en la vida, no tenemos seguridad de nada. De lo único que sí podemos estar seguros es que un día vamos a morir. ¡Cómo es posible que dejemos de vivir por temor a que algo nos pase! Qué desperdicio tan triste hacemos del privilegio de tener vida hoy. Dejamos ir la oportunidad de vibrar, de amar, de decidir, sólo por vivir una seguridad ficticia que nos inventamos, creyendo que nos protegemos para durar más. ¡Cómo podemos pretender que eso sea verdad! Dejamos de vivir por temor, y nos vamos acercando a nuestro día final de una manera mediocre, gris, triste y aburrida.

La valentía y el coraje están en mirar de frente al temor y desafiarlo. Aunque el miedo esté presente, no debemos permitir que nos esclavice con sus grilletes de falsa seguridad. Debemos crecer sobre él. La valentía lleva implícita la confianza de que todo saldrá bien, de que el universo y la vida nos presentan un camino o un desafío que debemos enfrentar con entereza porque estamos preparados para ello y porque, además, todo está listo para que lo logremos.

La inocencia nos permite tener una visión más clara del significado de lo que vivimos, y la vida es un misterio que tenemos que vivir, amar y experimentar.

Debemos aprender a dialogar con nuestros miedos, a cuestionarlos, para poder conocerlos y superarlos. Debemos dejarlos a un lado, no podemos permitir que nos sigan manipulando. Eso es lo que hace un valiente: los aparta de su camino para seguir avanzando, y se atreve a entrar en la incertidumbre que es la vida, en lo desconocido, con voluntad y alegría de estar vivo.

> Permite que la vida te sorprenda, permite que la admiración
> te haga sentir niño otra vez, al descubrir maravillas o al aprender
> de las experiencias dolorosas con una actitud consciente.
> ¡Aventúrate en la vida, decídete a experimentar la verdadera libertad!

GUÍA PARA ATREVERSE

Vas a iniciar una aventura más en tu vida, estás preparando tu mochila con las herramientas espirituales que vas a necesitar para internarte en el "Camino del Inca", ese sendero a través de la Cordillera de los Andes que es la antigua civilización de los incas; un camino iniciático que se realizaba para poder llegar a la ciudad sagrada de Machu Picchu.

En este camino se encuentran muchas pruebas que hay que superar para poder seguir avanzando. Hay muchos símbolos que observar, descifrar, entender y aplicar para poder alcanzar un nivel superior de conciencia.

En este sendero los pies caminan sobre la tierra, pero tu corazón va conectado a Dios. Todo lo que vivas racionalmente hay que colarlo después con el corazón.

Recuerda que en cualquier camino que elijas para recorrer en tu vida, tu pensamiento no debe alejarse del Bien y de tu Propio Poder, porque cuando se aleja, nace el miedo.

Cuando decides emigrar, es para buscar una nueva oportunidad, y lo que te impulsa a hacerlo es el deseo. Muchas veces emigras por hambre, para buscar alimento (en este caso para el alma), y este sentimiento de búsqueda va mezclado con curiosidad, emoción y desafío, con tal de penetrar en el misterio de la sabiduría.

El conocimiento da poder. La sabiduría trae paz.

Las herramientas espirituales que necesitarás son:
1. El Deseo
2. La Voluntad
3. La Decisión
4. La Intención y el Sentido
5. La Valentía

Por favor, no se te ocurra meter en tu mochila a las suposiciones, porque sólo sirven para alimentar el miedo.

El Deseo es un sentimiento del alma que se vuelve pensamiento y te impulsa a iniciar cualquier aventura en tu vida. El Deseo es el que pone en movimiento a la Voluntad.

La Voluntad es el dínamo de energía que pone en marcha al individuo y lo empuja hacia delante, hacia el hacer, y sostiene a la Decisión para poder vencer las dudas, el "no puedo".

La Decisión llega de repente, es como un rayo de luz que te cimbra y te asusta y cae en medio de las dudas y las suposiciones, dejándolas ciegas y deslumbradas, con la certidumbre de que no existen los imposibles para un ser que es completo y capaz de vivir sus sueños.

La Intención y el Sentido son la ruta que dibujan las ideas, entretejidas de sentimientos, para poder convertirse en realidad. Son sueños que quieren ser tangibles: no debemos quedarnos sólo en soñar la vida, lo importante es vivir tus sueños.

La Valentía es la fuerza interior que te da el espíritu, es el fuego del coraje que te anima y te sostiene para poder vivir tus sueños. La Valentía salta obstáculos, pisotea miedos, aniquila suposiciones, enfrenta las pruebas, y se atreve y se impulsa hacia delante para llegar a las metas.

En la Valentía se encuentran presentes el Deseo, la Voluntad, la Decisión, la Intención y el Sentido.

MEDITACIÓN

Cierro los ojos, escucho mi respiración, que es pausada; pongo mi atención en ella para no distraerme, y poco a poco me acomodo en mi propio silencio, pues voy hacia el encuentro de la paz.

Inhalo suavemente y me imagino que estoy aspirando la energía del Sol, que me llena de vida, y un sentimiento de valor me inunda.

Repito dos veces más esta respiración y cada vez siento que me impregna más la luz de la energía y el valor.

Al entrar en el silencio, siento que me transporto a un espacio muy bello, un lugar sin tiempo, sin límites. Es como entrar a una nube de paz. Escucho mi nombre, me llaman. Avanzo y escucho un susurro en mis oídos que me dice muy bajito: "Escucha, escucha, escucha", y una melodía acompañada del sonido de pequeñas campanas comienza a penetrar en mí. Estoy feliz, mi corazón está abierto de par en par, y comienzo a sentir que dentro de mí crece el Deseo de vivir, de salir a explorar el mundo, de descubrir misterios enterrados por el tiempo, de adentrarme en el pensamiento y la sabiduría de los ancianos, que tienen mucho que decirme.

De repente, me envuelve una energía que me empuja con fuerza hacia la aventura y escucho que me dice "soy tu Voluntad, aquí estoy lista para que me uses"; la abrazo, me acurruco en su seno y siento que avanzo fuerte. Nada ni nadie me va a detener, tengo voluntad para decidir y elegir qué quiero hacer con mi vida. La decisión me da aún más fuerza. Veo claro, no permito que las dudas y las suposiciones que siempre son irreales me encadenen y me dejen inmóvil y mediocre. Entonces aparece frente a mí un mapa, dibujado en el aire, con muchos senderos, encrucijadas, veredas que suben y bajan, y con decisión comienzo a trazar mi ruta en él mediante el Deseo, la Voluntad, la Decisión, la Intención, la Valentía y el Sentido.

Sigo una ruta trazada con un Sentido definido, sé adónde quiero ir y le pongo meta a mi Intención, que es crecer y evolucionar como alma. Estoy consciente de que, al penetrar en el misterio de la vida que día a día me ofrece una aventura diferente, voy a enfrentar muchas pruebas, saltar obstáculos y cruzar ríos de emociones profundas. Entonces cae en mis brazos una túnica dorada y transparente, me la pongo y siento una protección que llega del centro de mi mente y de mi corazón. Soy un ser todopoderoso, pues soy una pequeña chispa de Dios, y nace en mí un ímpetu de Valentía que me convierte en un ser completo, capaz de superar cualquier prueba. No creo en los imposibles. ¡Todo está listo, todo está bien!

Con esta sensación de plenitud, inhalo profundamente, y suelto suavemente el aire. Abro los ojos y me integro al aquí y al ahora, apoyo mis pies y me ubico en mi realidad.

2

Cusco

Aterrizamos en la ciudad de Lima. Tuve que esperar para hacer mi conexión a Cusco. Me explicaron que los vuelos que van hacia esa zona muchas veces se cancelan, porque la niebla es impredecible. Sin embargo, a mí me fue bien, salimos a tiempo. Llegando al aeropuerto de Cusco me llevaron al hotel San Agustín y en el camino me explicaron las precauciones que debía tomar para que la altura no me afectara, ya que la ciudad se encuentra a 3 350 m sobre el nivel del mar y a esa altura es difícil respirar. Pero para mí no fue pesado, pues soy mexicana, y la Ciudad de México también está ubicada a gran altura, 2 250 m, por lo que ya estoy acostumbrada.

Me registré y de inmediato se acercó a mí una señorita que me ofrecía una taza de té. Me di cuenta de que era algo que hacían con todos los recién llegados. Cuando pregunté de qué era el té, con una sonrisa me contestó amablemente que era un mate de hojas de coca. Yo me sorprendí y le dije:

—¡De hojas de coca! ¿Cómo cree que me lo voy a tomar? Me voy a poner hasta atrás.

—¡Cómo cree, mamacita! —me contestó con una sonrisa—, no le pasa nada. Se toma para compensar el cambio de altura, lo único que le pasa es que siente más energía, porque la altura afecta quitándole vitalidad —y de una manera más seria continuó—. Las hojas de coca no hacen daño, los niños las usan y no les pasa nada. La cocaína procesada es la que hace mucho daño, pero no este mate de coca.

—Bueno —le dije a la chica—, lo probaré.

El sabor era agradable, pero aun así tomé poco y con precaución.

Ya en mi habitación llamé a María, la persona que me había recomendado Cucho, quien al poco rato se presentó en el hotel. Venía acompañada por un hombre bajito y muy sonriente; era un indígena que hablaba español con un acento quechua, su lengua natal. Su nombre era Pedro. También me presentaron al chofer, que se llamaba Carlos. Me pidieron que nos apuráramos, pues había mucho que hacer; teníamos que ir a varios lugares sagrados y debíamos aprovechar el sol.

Salimos los cuatro del hotel. Yo me había vestido de blanco, pues iba a una ceremonia de purificación. Cuando comenzamos a recorrer las calles de Cusco me emocioné al ver que había una gran similitud con algunos pueblos de México.

Las calles empedradas y angostas que subían y bajaban por tratarse de un lugar montañoso, las casas de adobe, las plazas típicas de la época colonial, los edificios de cantera que fueron construidos con las piedras quitadas de los templos incas por los conquistadores españoles para acabar con su cultura y religión, todo creaba una atmósfera de calidez humana, repleta de personajes que parecían haber permanecido intactos a lo largo del tiempo. Lo mismo pudieron habitar nuestra época que el siglo XVI.

La iglesia de Santo Domingo fue construida sobre el templo principal de los incas, llamado el Koricancha, templo dedicado al Sol, el Tayta Inti. Cuenta la historia que las paredes de este templo estaban cubiertas por láminas de oro puro, y en el recinto principal se encontraba un monumental disco de oro macizo que era la representación de Inti, el dios Sol que le daba vida, día con día, al mundo. Los conquistadores se dedicaron por años a buscar dicho disco y nunca lo encontraron, pues, según la leyenda, los incas lo habían escondido y jamás se pudo lograr que revelaran el secreto.

Estaba emocionada. Mis sensibles compañeros lo percibieron y llenos de orgullo me mostraron su pueblo, que para ellos era el ombligo del mundo. En sus explicaciones, gestos y ademanes, se podía percibir el respeto que profesaban hacia su pueblo y sus tradiciones. Hablaban de su cultura sin soberbia, pero conscientes del poder y la sabiduría que ahí había.

Nos dirigimos a un mercado, porque el chamán necesitaba comprar algunas cosas para la ceremonia. Era el mercado típico, lleno de puestos que vendían fruta, flores, ropa tejida y una gran variedad de artesanías. El rumor de voces hablando un idioma dulce y melodioso me envolvió.

Los cusqueños son individuos sumamente respetuosos y cariñosos, se dirigen a uno llamándole "mamacita" o "papacito". Son humildes en su actitud, pero dignos y suaves.

—¡Mamacita! —me dijo Pedro, el chamán—, necesito comprar frutas, dulces, flores y unas velitas, y también agua para que no nos gane la sed, y otras ofrenditas. Porque yo ya tengo el copal y la madera y también la loción; me faltan una hojitas de coca para ofrecerlas en el paguito, en la ofrenda.

De inmediato le di el dinero que me pidió, una cantidad pequeña, no recuerdo cuántos soles (moneda del Perú), y en poco tiempo estuvo de regreso y se reunió con nosotros.

—Vamos a ir a un lugar muy bonito —me dijo mientras cargaba todo lo comprado—. Se llama Tambomachay, un lugar conocido como Baños del Inca. Está cerquita, como a siete kilómetros.

La voz cantarina del chamán hacía que la plática fluyera con naturalidad y que creciera la confianza entre nosotros. A pesar de ser físicamente corto de estatura y de complexión delgada, generaba en mí un sentido de protección que me tranquilizaba.

—Allí salen de la tierra unos chorros de agua limpia y pura, que nadie sabe de dónde provienen. Se considera un lugar en donde se le da culto al agua —finalizó Pedro.

De inmediato partimos, pues debíamos aprovechar la luz del sol, y fuimos internándonos en las calles de piedra. En silencio observaba aquel pueblo bueno y humilde, que con su expresión indiferente y estoica miraba pasar la vida pacientemente. La pobreza material me llenaba de tristeza el alma, pues en mi México los indígenas viven una realidad parecida; la actitud era la misma, sólo cambiaba la vestimenta. Los sombreros de las cholas, como se les llama a las mujeres indígenas, eran como pequeños bombines negros, y los chullos, gorros típicos tejidos que cubren las orejas, los usaban todos los niños y los hombres.

Caminaban lentamente, muchos de ellos jalando sus llamas, cargadas de mercancías o madera. ¡Qué animalitos tan graciosos son las llamas! Con sus cuellos largos y sus ojos grandes, son como bolitas de lana blanca o manchada en distintos tonos de café y, como adorno, muchas veces sus dueños les cuelgan aretes tejidos de colores en sus pequeñas orejas. Me emocionaba mucho ver a estos seres sencillos, llenos de inocencia, me llenaba de ternura su actitud.

—Lilia —me dijo el chamán con un tono sereno—, es usted muy sensible, puedo sentirla entre admirada y triste. Somos un pueblo melancólico y callado, pero en nuestro corazón guardamos mucho amor. Cuando hablamos, dejamos ir nuestro cariño. No reímos mucho, sólo los niños, pues ellos apenas están entrando al mundo y están descubriendo siempre cosas nuevas, y tienen mucho que aprender todavía. Nosotros los mayores ya hemos visto más cosas, y tal vez por eso se nos ha ido borrando la sonrisa, pero la alegría existe bien adentro todavía.

Pedro había percibido mis sentimientos, pues en verdad estaba melancólica, viendo la similitud de nuestros pueblos, su cultura, el paisaje y la realidad que viven. En el mercado me sentí como en mi país: estoy segura de que nuestros pueblos son como primos hermanos.

La conversación de María, Carlos y el chamán Pedro era muy amena, e hizo muy ligero el trayecto en el auto, que se deslizaba por la estrecha y sinuosa carretera que cruzaba los caminos, rodeados por altísimas montañas. Era un paisaje semiárido y tranquilo.

Llegamos a Tambomachay y nos estacionamos. Nos encontrábamos rodeados por autobuses turísticos. En la entrada había una hilera de vendedores de recuerdos y añoranzas de un pasado glorioso y majestuoso, lo que dejaba el sabor de un sentimiento sagrado.

—Bienvenido, hermanito, ¿viene usted a trabajar? —le dijo el guardián del lugar a Pedro, mientras le recibía los boletos de entrada.

—Así es, papacito, traigo una hermanita mexicana —respondió Pedro volteándome a ver.

—¡Bienvenida, mamacita, viene usted con un buen chamán! —exclamó con alegría aquel buen hombre—.

Todos saludamos y felices entramos dirigiéndonos hacia una especie de construcción de piedras pulidas y muy grandes. Pude ver que de las piedras caían varios chorros de agua limpia, los cuales iban a dar a unas pequeñas fuentes que se habían formado en las piedras. El sol se reflejaba en aquellas aguas claras y la silueta de las enormes montañas nos abrazaba.

Me sentí emocionada, pues allí se iba a iniciar mi viaje hacia el mundo mágico, en busca de los incas. Me encontraba en el inicio de un viaje místico que anhelaba realizar desde tiempo atrás. Mi deseo estaba a punto de cumplirse.

Pedro sacó de su morral, al que se conoce como *chuspa,* un pañuelo rojo y se lo amarró en la cabeza, y también sacó unas plumas grandes. Me dijo que eran plumas de cóndor. Iba vestido con un traje de manta color natural. Sacó su caracol de ceremonia, llamado *pututu,* un caracol grande de mar que soplan para comenzar con su sonido las ceremonias, pidiendo así permiso a los cuatro rumbos del universo, para terminar saludando a la quinta dirección, que es el centro.

Los chamanes soplan suavemente por el orificio del caracol, que emite un sonido suave y profundo que nos transporta al espacio del sonido de la naturaleza.

Me pidió que me mojara mis manos, mi cuello, mi cabeza, mis pies, y que le pidiera a la Pachamama, la Madre Tierra, que me recibiera y que con esa agua de sus entrañas purificara mis pensamientos y mis sentimientos. Sentí el agua correr por mi cuerpo. El contacto con el líquido me llenó de una sensación de frescura y vitalidad, no sólo física, sino también espiritual.

Después le pidió permiso a Viracocha, la Inteligencia Creadora Suprema del mundo de los incas, deidad venerada como el padre de su pueblo, para poder comenzar su trabajo y, alzando la vista hacia el Sol, Tayta Inti, pronunció unas palabras en quechua. Con un pequeño atado de plumas de cóndor inició la purificación; mojaba las plumas con el chorro de agua y me rociaba con ellas. Yo sentía una paz silenciosa que poco a poco me envolvía.

Estaba feliz. Los turistas miraban en silencio. Al principio me dio vergüenza, pero cerré los ojos y sentí que estaba sola y me olvidé del exterior, dejé afuera el mundo material y entré en el recinto de mi alma. Comencé a vagar al ritmo del sonido del canto quechua, que rociaba con agua fresca mis culpas, mis dudas, mis recuerdos tristes o negativos. Las plumas movían con dulzura el aire que me acariciaba e iba remendando dolores viejos.

El canto se fue haciendo más lento hasta que acabó. Abrí los ojos, el sol me daba directo, me sentí inundada de luz y le di gracias a Dios por el momento que estaba viviendo. Entendí con claridad por qué este viaje tenía que hacerlo sola, pues éste era el inicio de una etapa nueva en mi camino de crecimiento espiritual. Sentí cómo rodaban las lágrimas por mis mejillas, fue una purificación de ternura, era un lugar con una gran energía de amor.

En ese estado, bajé por entre las piedras y, en silencio, nos encaminamos hacia el auto. Debíamos proseguir antes que se fuera la luz del día.

Mientras avanzábamos por el camino, pasamos por dos centros arqueológicos que llamaron poderosamente mi atención. El primero era un lugar del que no pude despegar la mirada mientras me fue visible porque, a la distancia, tenía la forma de una perdiz. Esto no era raro, ya que los incas construían sus centros importantes de manera que, vistos desde el aire o de lejos, su perímetro formaba la silueta de un animal. Este centro se llama Pisac.

Posteriormente, nos encontramos con Quenko. Pedro me explicó que este lugar fue un templo para ceremonias públicas, lo que parecía evidente ya que estaba formado por un patio semicircular que circundaba una piedra. Finalmente, en el valle sagrado, y en medio de las montañas, encontramos Puca Pucara, un lugar con un gran magnetismo y paz que se percibía en el aire.

—Éstos son terrenos donde la Luna es la regente —me dijo Pedro con seriedad—. Cucho me pidió que te trajera aquí para realizar un ritual dentro de una cueva milenaria, un lugar dedicado a la mama Quilla (la Luna, en quechua).

Bajamos María, Carlos, Pedro y yo. Sacaron el paquete con todo lo que había comprado en el mercado. El lugar estaba solitario, sólo nos encontrábamos nosotros. De repente, de entre las piedras apareció un niño indígena como de unos ocho años de edad. Se nos acercó muy serio, estaba molesto y nos preguntó qué íbamos a hacer a la *waka*.

Pedro se había ido a buscar unas hierbas que necesitaba y quería cortarlas allí en el monte. Me le quedé mirando al niño y le dije que estábamos allí porque queríamos entrar a la cueva.

—¿Qué van a hacer en la cueva? —replicó el niño lleno de desconfianza y en un tono hostil—. ¿Qué vienen a quemar? Yo soy el guardián de este lugar, lo cuido y no permito que lo ensucien o hagan mal uso de él.

Nos sonreímos y con dulzura le dije:

—Papacito, no te preocupes. Venimos con respeto, venimos a dejar unas ofrendas.

En ese momento regresó Pedro, el niño al verlo se sonrió, lo saludó y le dijo:

—¡Don Pedro! ¿Vienen con usted? Yo no sabía, son bienvenidos, a usted lo conozco; sé que usted viene con bien y respeta este lugar. ¿Me puedo quedar con ustedes para ver en qué ayudo? —preguntó, esta vez con un tono de inocencia y casi súplica.

—Claro que sí, mi hijito, tú eres un guardián muy bueno, cumples con tu responsabilidad muy bien —le respondió Pedro—. Lilia, acérquese, quiero que vea todos los símbolos que están grabados en estas piedras —me dijo mientras señalaba el lugar en el que quería que pusiera mi atención—. Nada está tallado por la mano de hombre, son formaciones naturales.

No sé qué representaciones eran aquellas que estaban plasmadas en las paredes. Sin embargo, sentía que transmitían un mensaje y que en ellas se encontraban conceptos e imágenes que encerraban sabiduría y conocimientos ancestrales.

Entre las piedras de esa pequeña montaña, había una hendidura que penetraba hacia el interior.

—¡Mire —me dijo—, la entrada de la cueva! Aquí, en el suelo se encuentra la figura de una serpiente que se introduce hacia el interior.

Era cierto, la serpiente se veía perfectamente. Parecía como si alguien la hubiera tallado a manera de guía, como si la serpiente simbolizara el espíritu que guía al ser humano a encontrar su propio interior. Miré el cielo, estaba completamente limpio, el sol ya empezaba a bajar. Era un lugar lleno de silencio.

Pisando la forma de la serpiente comenzamos a penetrar en la cueva. Pude percatarme de que desde ahí iniciaba el ritual, pues entramos formados uno tras otro, siguiendo aquella figura en el suelo. Estaba muy oscuro y, a medida que entrábamos, el frío nos pegaba en la cara. Carlos encendió una linterna y me ayudó a caminar, guiándome para que no me cayera.

Enseguida llegamos a un pequeño recinto que formaba un círculo; allí, sobre una de las paredes de la cueva se hallaba un altar natural de piedra. Justo sobre el altar se veía un orificio en lo alto del techo de la cueva, por donde penetraba un rayo de luz y se veía un pedacito del cielo; era una luz muy bella la que iluminaba el altarcito. Volví a pensar que parecía un lugar perfectamente diseñado para realizar rituales; como si algún arquitecto hubiera aprovechado el espacio para realizar ceremonias y hubiera acondicionado una atmósfera adecuada para ello.

Pedro le pidió a Carlos que le pasara el paquete con las cosas que había comprado y lo puso sobre el altar. Sacó de su mochila su caracol, un tamborcito, unas plumas y una bolsita bordada que ellos llaman *chuspita*, en donde me dijo que guardaba las hojas de coca, que ellos llaman *la Mamita Coca*, que se coloca en la ofrenda a la luna y a Pachamama como regalo en señal de respeto.

Comenzó primero a colocar una madera muy especial, cuyo olor era muy bonito, para hacer una pequeña fogata, y la regó con una lavanda con resina para prenderla. En un momento la fogata estaba alumbrando la cueva.

—Ahora —dijo Pedro—, vamos a ofrecerle la fruta, a ver si nos acepta el paguito.

Me tomó de la mano y nos acercamos a un agujero que había en el suelo justo en la entrada. Se agachó y me pidió que lo ayudara a colocar la fruta en la hendidura. De repente escuché una ráfaga de viento que salía del agujero y chupaba hacia dentro la fruta que habíamos colocado. Quedé sorprendida, no me lo esperaba. Me parecía imposible creer que aquello hubiera sucedido.

—Sí nos aceptó el paguito —me dijo Pedro sonriendo—. Si esto no hubiera ocurrido, nos habríamos tenido que ir. Pero usted sí es bienvenida a este lugar, que es lugar en donde sólo son aceptadas aquellas personas que tienen buenas intenciones y desean hacer el bien —hablaba satisfecho—. Es por eso que Cucho me pidió que la trajera, para saber qué trabajo puede hacer con usted allá en Machu Picchu.

Para mí todo esto era nuevo, era un mundo que yo desconocía y tenía una gran curiosidad por todo lo que estaba viviendo. Aunque debo reconocer que estaba un poco nerviosa.

Mientras Pedro sacaba todo lo que traía en el paquete, observé su contenido; sacó flores, puso más fruta, dulces, venían unos pequeños juguetitos de plástico que apartó y los puso a un lado.

Comenzó a hablar en quechua. Sacó las hierbas que había cortado, me dio unas pocas para que las frotara con mis manos y las oliera, y me dijo que eran maravillosas para el mal de altura, porque nos encontrábamos en un lugar muy alto y en el ambiente encerrado de la cueva me podía marear. Le dije que me encontraba perfectamente, pues yo también vivía en una ciudad muy alta.

Después desató su *chuspa* y con gran respeto sacó unas hojitas de coca, las escogió, las levantó hacia el cielo y las depositó en el altar. Estábamos todos en silencio, viendo cómo hacía sus ofrendas cuando, de repente, escuchamos pasos y voces que se aproximaban hacia dentro de la cueva.

Todos dimos vuelta hacia la entrada y vimos que entraba un indígena, seguido por dos mujeres extranjeras. Aquel hombre se detuvo y con una actitud muy negativa nos miró molesto. Dirigiéndose a Pedro le empezó a hablar en quechua. Era otro chamán que venía a hacer también un ritual, el niño guardián lo miraba descontento.

El hombre emanaba una sensación desagradable, que desentonaba con el ambiente que nosotros habíamos logrado generar. Pedro dialogaba con él y le señalaba el altar, pero él movía la cabeza diciendo que no, se dio vuelta y se dirigió hacia la salida de la cueva, indicándoles a las mujeres que salieran, y desapareció en la oscuridad.

Pedro nos dijo:

—¡Cómo es raro este hombre, le ofrecí que usara nuestra mesita y compartiera con nosotros el pago, pero no aceptó, estaba enojado, allá él!

—Ese chamán no es buena persona, hace ritos raros —dijo el niño guardián—, es de los que no me gusta que vengan. Lo bueno es que ya no viene, porque sabe que no es bienvenido; ya ve lo que pasó, no aceptó quedarse. Siempre que ha venido, algo ocurre y no puede trabajar, lo corre la Cueva de la Luna.

Hasta ese momento me di cuenta de que ya estaba oscuro, pues el rayo de luz que entraba por la hendidura del techo era blanquecino, era la luz de la luna. Parecía como un tubo de luz inalterable que tenía vida propia y que esperaba a que iniciáramos para permitir involucrarnos con él.

Hacía frío dentro, el fuego ya no calentaba lo suficiente. Pedro puso más de esa leña que despedía un suave aroma, y el humo salía danzando hacia la abertura para alcanzar el cielo.

Por momentos el ambiente se volvía más místico. Pedro cantaba, con su pequeño y redondo tambor, que sostenía en las manos, tocaba muy rítmicamente. Comenzó a danzar, me pidió que yo también danzara, y después me dejo en la mitad del recinto, se fue a sentar y continuó tocando el tambor y cantando. Los demás, María, Carlos y el niño guardián, se unieron al canto con respeto.

Yo me sentía rara, era algo tan ajeno a mí y a mis creencias. Comencé a moverme poco a poco, siguiendo el ritmo con timidez y, mientras danzaba, empecé a rezar a mi Dios, a mi Cristo, a mi Virgen, y entonces una alegría me hizo vibrar: rezaba y bendecía al mundo entero, a mis seres queridos, pedía amor para todos los seres que habitamos el planeta Tierra y luz para despertar las conciencias dormidas. Entré en una oración profunda llena de amor y recordé a los ángeles y los invoqué, me sentía rodeada de su presencia y de su armonía.

Pedro me dijo que continuara así, que le cantara a los ángeles, y canté, acompañada por el sonido del tambor. Era un canto que iba diseñando melodías desconocidas para mí; suave y dulce, salía del fondo de mi alma, me transportaba y exteriorizaba toda la energía que se generaba en mi interior. Mi danza era libre, ágil, flexible, sentía que aquel rayo de luna que caía sobre mí me envolvía y me acercaba a Dios, fue algo bellísimo y lleno de paz.

Yo estaba consciente de que estábamos haciendo un ritual a la feminidad, a la maternidad, pues eso es lo que representa la luna, ese lado sensible e intuitivo de los seres humanos y que no sólo poseemos las mujeres, pues también los hombres tienen una porción de estas cualidades femeninas que necesitan despertar y desarrollar en ellos para equilibrar más sus acciones, para ser más completos, manejar sus emociones sensibles con más facilidad y sentir el amor suave y tierno para poderlo comunicar.

Cuando me di cuenta, todos estábamos parados en el centro de la cueva, tomados de la mano. El fuego ya empezaba a consumirse. El niño estaba tomando mi mano, me miraba sonriendo y, con cariño, le pregunté:

—¿Cómo te llamas, guardiancito?

—Gabriel —respondió mientras me veía.

—¡Tienes el nombre de mi Arcángel, lo quiero mucho!

Él me envolvió con su sonrisa.

En ese momento, Pedro nos pidió a cada uno que mandáramos un pensamiento de amor para el universo entero, y cada uno, tomados aún de las manos, fuimos diciendo nuestros deseos de amor. Fue tan espontáneo, tan auténtico, tan real, que pudimos percibir, intuir que todos esos anhelos de bien llegaron hasta el último rincón del universo y se fueron a alojar en el corazón de muchos seres que necesitaban amor y paz.

Salimos lentamente de la cueva. Pedro apagó el fuego, dejó las ofrendas y salió al final.

Cuando salimos me quedé muda, nunca en mi vida había visto un cielo así, estaba plagado de estrellas que brillaban con una intensidad indescriptible, nos rodeaba el silencio, la luna lejana alumbraba el campo y las montañas, era un paisaje como fuera de este mundo.

En ese preciso instante empezó a soplar suavemente el aire, y de la nada se comenzó a aproximar una nube que se posó justo arriba de nosotros. Al verla me quedé helada y me dije: "¡Ahora sí que estás loca Lilia, no puede ser real lo que estás viendo, es tu imaginación seguramente, pues crees estar viendo la figura de un ángel perfecto en la nube que se acaba de formar, por favor pellízcate y despierta!"

Las voces de Carlos y de Gabriel me sacaron de mi ensueño.

—¡Miren la nube, tiene la forma de un ángel!

Gabriel aplaudía feliz mientras decía:

—¿Ven?, ¡la mamacita lo llamó y vino!

Nos quedamos en silencio mirando cómo el viento, en un momento, se llevó la nube. No pude disimular el llanto, aunque no fui la única, los demás también se secaban las lágrimas. En eso, el sonido de un ave que venía de las montañas rompió el silencio. Pedro preguntó si lo habíamos escuchado.

—Sí, don Pedro —respondió Gabriel con los ojos muy abiertos—, esto sí que es raro. Es el canto de un cóndor y aquí en el valle casi nunca se oye, pues todavía estamos lejos de la montaña.

—Es un presagio importante —dijo Pedro—, esto quiere decir que se sintió la magia que aquí se ha movido. Somos muy afortunados, nos dio aprobación.

Le di gracias a Dios y me llené de ver el cielo, no había un pedazo en el que no tuviera estrellas.

Nos subimos al coche, llevamos a Gabriel y lo dejamos en su humilde choza, cerca de allí. Nos contó que desde muy pequeño él sabía que debía cuidar la cueva y decidió ser el guardián de ese lugar sagrado. Todos los de la comarca dijeron que él debía ser, sus padres no se opusieron, pero debía ir después de regresar de la escuela, que le quedaba ahí, "nomás tras lomita", dijo Gabriel. Desde entonces, él se iba todos los días al valle sagrado.

Pedro conmovido le preguntó:

—Gabriel, ¿te gustaría prepararte para ser chamán, trabajar con las fuerzas de la naturaleza para hacer el bien a los demás y conocer las tradiciones de nuestros abuelos? Porque debemos sentirnos orgullosos de ser herederos de los incas.

—¡Ay, don Pedro! —dijo Gabriel emocionado—, es el sueño que tengo todos los días. No me hubiera atrevido a pedírselo, porque sé que usted es el mejor maestro. ¡Gracias, muchas gracias!

—Bueno, vengo por ti pasado mañana, para que sepas dónde vivo y me vas a acompañar para que aprendas. Vas a tener que trabajar duro —Pedro hablaba con un tono más severo—, pero te lo mereces, pues tú solito escogiste tu camino. Entendiste el mensaje desde muy chiquito y no dudaste; vas a hacer un gran amauta.

Cuando me despedí de él, lo abracé, le di un beso y le regalé un angelito que traía colgado en mi cadena. Él me dijo:

—¡Nunca había tenido nada como esto! Bueno, no tengo nada —dijo un tanto triste—. Va a ser mi tesoro y nunca me voy a poder olvidar de usted, mamacita, ni de sus ángeles.

Me dio un beso y lo miré alejarse hasta que su figura se fue perdiendo en la distancia.

Mientras regresábamos a Cusco, a lo lejos vislumbré una luz intensa sobre una colina. Conforme nos acercábamos, se presentó ante mí una gran imagen de Cristo Rey con sus brazos abiertos. A través de su rostro me transmitía confianza, como un hermano mayor que alienta a sus seres queridos a seguir por el camino que ha iniciado.

Para mí, el maestro más importante que tengo en la vida es Jesús el Cristo, ya que el mensaje que nos dejó es el camino que nos lleva hacia el despertar de la conciencia. Sus enseñanzas nos hablan de una fe consciente, no de una fe manipulada por el fanatismo que nos convierte en seres inconscientes, alejándonos del privilegio de razonar, escoger y decidir. Nos enseña lo que es el verdadero amor, cómo recibirlo y cómo darlo con respeto; nos hace ver que el amor no es un intercambio.

Ver esa figura majestuosa de Cristo Rey iluminado en medio de la nada, surgiendo de la oscuridad de la noche, fue para mí un mensaje muy claro: todo este peregrinaje que iniciaba en lo alto de la Cordillera de los Andes era un paso importante para cumplir con mi misión de vida. Entendí que Él estaba presente en mí constantemente para guiarme y cobijarme.

Sentí que esa imagen majestuosa me recibía, me protegía, aceptaba mis sentimientos de entrega y fe a Él y no me juzgaba mal. En ese momento supe que la decisión de realizar ese viaje había sido acertada; que más allá de los retos y miedos que pudiera haber experimentado, la luz era mi guía y la recompensa sería mayor de lo esperado.

Le pedí a Carlos que por favor subiéramos, quería bajarme por un momento para darle gracias a Dios por la oportunidad que me estaba dando con este viaje de conocimiento y despertar, y decirle que mi fe en Él se reafirmaba aún más y mi corazón se sentía en paz. Aquella imagen que había visto era el Cristo Blanco, que cuida del Cusco.

Me dejaron en mi hotel. Hacía mucho frío, comí algo y me fui a mi habitación. Encendí el calentador, me puse cómoda y me acosté recapitulando lo sucedido: había sido un día lleno de experiencias nuevas. Estaba feliz y me quedé dormida rápidamente.

A las 4:30 me despertó el teléfono, ya era hora de levantarme, pues el tren para Machu Picchu partía a las 6:00 a.m.

Aprendizaje: inocencia y purificación

Desde que llegué a Cusco percibí un cierto grado de inocencia en la actitud pasiva de los indígenas sencillos y llenos de humildad. Bajan de la montaña trayendo los ponchos que tejen, la leña y toda clase de artesanías que su creatividad les dicta; bajan llenos de paciencia y de tiempo, con sus niños y sus llamas cargadas de mercancías. Tal vez aún conservan ese dejo de inocencia porque su futuro no lleva la carga de tantas demandas, tratan de sobrevivir el día de hoy y se mantienen en su presente, ya que de su pasado no les quedó mucha información y no se aferran a él. Por lo tanto, su presente es muy claro y muy real.

La inocencia es transparente como los niños, y a través de ella todo se ve con claridad. Para la inocencia no existen los imposibles, los niños creen en la fantasía y en lo mágico, para ellos todo es nuevo y excitante, todo es un aprendizaje y todo les causa curiosidad, sorpresa y admiración. Viven intensamente: miran, aprenden, ríen, lloran y sueñan despiertos.

La inocencia nace junto con nosotros, no se aprende, no tiene pasado, sólo presente y futuro. No tiene nada que olvidar, borrar o corregir, por eso siempre está alegre. No conoce el dolor y no necesita ser valiente porque no conoce el miedo.

Al estar escribiendo sobre este viaje, experimenté por momentos nuevamente la inocencia, como cuando era niña. Sentía que estas personas sencillas pero sabias en su forma natural de ser me estaban preparando para poder entender cómo veían ellos el mundo espiritual, una espiritualidad tan apegada a la naturaleza.

Qué tranquilidad da pensar que nos podemos purificar con los distintos rituales que existen en las religiones, pero qué fácil resulta entonces cometer errores pues, de alguna forma, creemos que los podemos lavar y borrar. No nos queremos dar cuenta de que nada de lo que hagamos desde el exterior funciona si la limpieza no se realiza con conciencia desde el interior. Todo lo que nos ocurre tiene una razón de ser, nada es casualidad, pues nosotros creamos con el pensamiento nuestra realidad, creamos nuestro propio cielo o nuestro infierno. Debemos aceptar la responsabilidad de nuestros errores, sin culpar a nadie ni a nada y aprender de ellos, para no volver a repetirlos.

Todos estos pensamientos me acompañaban mientras escribía mis vivencias. Me dejaba guiar por la buena voluntad de estas personas sencillas y trataba de descifrar los símbolos que me comunicaba mi propio espíritu a través de sus rituales.

¡Recuerda tu inocencia, vuélvete a sumergir en ella y conscientemente limpia tu mente de pensamientos viejos y caducos y ábrete para aprender!

Te invito a que participes y a que realices tu propia iniciación allí donde te encuentres. Sólo busca un lugar en el que estés en contacto con la naturaleza. La iniciación no es solamente un ritual, ni una formula mágica, es un estado de conciencia.

El ritual es una forma de disciplina, lleva un orden, hay reglas que se deben respetar y obedecer, muchas veces son muy estrictas. El ritual en sí no eleva al ser humano, lo que lo eleva es la *toma de conciencia*, cuando observamos y ponemos atención en cada paso que damos, para entender el significado de lo que nos comunica el ritual, pues cada etapa deja una lección, todo dependerá del grado de conciencia que posea cada individuo. Son necesarias la atención, la obediencia y la valentía, para no dudar y seguir las instrucciones que da el maestro, en este caso el chamán, pues como es algo ajeno a nuestras costumbres o creencias, existen siempre ataduras que nos detienen y nos confunden.

Es muy importante entender que no tenemos que renunciar a nuestras creencias y valores, que son el fundamento espiritual que nos sostiene y nadie tiene derecho a alejarnos de ellos. Debemos apreciar y respetar el conocimiento extraordinario que los Tatas o Taytas nos legaron sin renunciar a nuestra propia religión; tomar de este conocimiento ancestral sus enseñanzas sobre la naturaleza y los elementos, en lo cual ellos son grandes maestros y practicantes. Ellos nos pueden enseñar sobre el poder curativo de miles de plantas, árboles y frutos. Nos hacen observar el comportamiento de los animales para aprender de su mundo y nos instruyen para que observemos el cielo, que es un mapa maravilloso por el cual podemos transitar y aprender a descifrar los mensajes que los astros nos comunican, pues siempre hay un mensaje en cada eclipse, en cada conjunción de planetas o en los solsticios y equinoccios. Es importante tomar consciencia de que somos parte del todo y, por lo tanto, debemos integrarnos a ese todo para entretejer energías.

El ritual no va a cambiar al practicante, no lo va a convertir en un ser especial, solamente lo va a ayudar a que su estado de atención y concentración se agudice, y le abre la puerta para que se introduzca al camino que lleva hacia dentro de sí mismo. Es una forma de entrar al mundo de lo invisible, al mundo de lo espiritual, sólo es el inicio hacia un camino de retos y pruebas que hay que ir superando, ir aprendiendo de cada una de ellas y, sin desfallecer, continuar adelante con la convicción de que encontraremos el camino hacia nosotros mismos. Así iremos limpiando y puliendo en nosotros los errores, apegándonos al bien, a la ética y a la verdad; superando los defectos y descubriendo también las cualidades y dones especiales que cada uno de nosotros posee.

El ritual viene acompañado siempre de canto, música y ritmo. El canto mueve energías. Cuando cantas, las energías se sirven de ti, te vuelves su instrumento, tu voz las transmite y expresa, te vuelves intérprete de ellas. La música y los instrumentos crean ritmos que rompen el silencio.

Los sonidos musicales curan, pero si son mal empleados, desequilibran. El sonido de las notas de tu voz sale de tu garganta, de tu vientre, es energía que te equilibra, es tu propia magia armónica y secreta. Los chamanes conocen los cantos de cada planta, árbol o piedra, y les llaman *icaros*. Hay sonidos cantados para la tierra, el agua, el viento y el fuego. Nosotros mismos tenemos nuestro propio icaro. Son notas que nos hacen vibrar y debemos encontrarlos para equilibrarnos cuando perdemos la armonía.

La danza es parte importante en el ritual, pues al danzar movemos energías. Los Tatas o Taytas dicen que cuando se danza se ayuda al planeta Tierra a que siga girando. Es por eso que la danza se practica en círculo, la fuerza de todos se une y forma un círculo de energía; los danzantes vibran, su vibración tiene una secuencia, un ritmo colectivo, y poco a poco la danza fluye sola. El danzante se convierte en la danza misma, se entrega y fluye como el viento que sopla, como el río que corre, se olvida de que está danzando, es sólo un espíritu en movimiento. Hay armonía rítmica, hay euforia, se puede danzar por horas, el tiempo y el lugar ya no existen, te sientes fascinado vibrando con las fuerzas cósmicas, te sientes que eres parte del todo.

La purificación es importante antes de iniciar cualquier ritual. En muchos de los pueblos indígenas usan los baños de vapor para purificarse, en México esto se llama *temazcal* y es una construcción redonda hecha de ladrillos de adobe; es circular porque representa el vientre de la Madre Tierra, y se calienta con piedras al rojo vivo, sobre las que se derrama agua y se usan hierbas especiales. Dentro del temazcal se canta y se lleva el ritmo con tambores, allí se dejan las preocupaciones, la tristeza y el miedo, y se sale limpio para realizar la ceremonia sagrada.

Todo ritual que inicia el chamán empieza saludando y pidiendo permiso a los cuatro rumbos del universo con el sonido de un caracol. Después se purifica el ambiente con el humo del copal o se queman maderas especiales, para limpiar el ambiente de espíritus negativos. El agua siempre se encuentra presente en los rituales de purificación, tanto por su simbolismo como por su función de limpieza espiritual.

Espero que esta explicación te sirva para ir adentrándote en el bello mundo de la magia que tiene la naturaleza.

MEDITACIÓN

Tomo un pequeño espacio en mi tiempo y me doy permiso para entrar a mi propio silencio. Inhalo lentamente y al hacerlo me lleno de energía de vida, y al ir dejando salir el aire suavemente libero de mis pensamientos todo aquello que me causa molestia. Repito estas respiraciones dos veces más, para poco a poco sumergirme dentro de mí.

Me visualizo en un espacio bellísimo en medio de la naturaleza. Hay árboles cerca de mí, el pasto me da frescura, siento el olor de la tierra húmeda que me revitaliza. Le doy gracias a la Madre Tierra porque soy parte de ella, me alimenta y me da sostén. El viento me acaricia suavemente, inhalo profundamente para llenarme de vida y le doy gracias. Cerca de mí hay una pequeña cascada de aguas cristalinas, agua que nace en algún manantial de las montañas. Escucho su sonido monótono y ágil que me hipnotiza y calma, le doy gracias. Siento los rayos del sol sobre mi piel, que me inundan con su luz y su calor, y percibo que él es el fuego de la energía de la vida; le pido que me alimente de él y le doy gracias. Siento que floto en la paz y a lo lejos veo una figura que se aproxima hacia mí, camina con la agilidad y flexibilidad de un animal, es como parte del paisaje.

Llega, se para frente a mí y me sonríe. Es un indígena con ojos sabios, saca un caracol que, al soplarlo, produce un sonido con ecos de mar; saluda primero al sur y hace una reverencia, después al este, al norte, al oeste y, finalmente, se ubica en el centro. Yo hago lo mismo que él, y después comienza a cantar. Son los sonidos de la naturaleza, parece que todo le responde, todo tiene vida: la tierra, el viento, el agua, el sol, los árboles, las plantas, las piedras, todo tiene su propia canción, y se escucha una sinfonía de armonías.

Él me dice que es un chamán, que viene para guiarme en el camino que sus Taytas trazaron, el Camino del Inca, un camino que sigue a la Cordillera de los Andes, para irme a depositar a un recinto sagrado que se llama Machu Picchu. Me dice que, para poder recibir su poderosa energía, tengo antes que purificarme. Me toma de la mano y me lleva a la cascada, donde me meto en el agua. Baño mi alma, siento cómo me voy desprendiendo de dolores, preocupaciones, enojos, rencores; la prisa desaparece y me introduzco a la calma, al silencio, y me dejo ir. Fluyo como el agua, me siento libre, tengo el alma ligera, pues ya he soltado todo el peso de los agobios y las culpas.

Escucho la voz del chamán entonando un canto dulce que penetra en cada célula de mi cuerpo y las hace vibrar. Siento que mis lágrimas sacan los últimos residuos de dolor y resentimientos para que llegue el olvido.

Lentamente salgo para llenarme de sol. Voy a iniciar el camino que me lleva hacia mí misma, allá en Machu Picchu.

Sigo respirando pausadamente, inhalo más profundamente y con suavidad suelto el aire, abro los ojos, bendigo todo lo que me rodea y agradezco mi realidad.

3

Machu Picchu

Estaba oscuro todavía cuando salí del hotel y me subí a la camioneta que me llevaría a la estación de tren. Hacía mucho frío en el camino; pasamos a recoger a otro grupo de turistas y finalmente arribamos a la estación, que era pequeña y antigua, y el tren ni se diga. Me sentí transportada en el tiempo, quizá a los años treinta, un sentimiento con un sabor muy romántico.

Me esperaba un grupo de chicas muy sonrientes, con sus abrigos largos hasta el piso, tipo inglés, que las hacían ver muy elegantes. Eran empleadas de la compañía ferroviaria y nos atendieron durante el viaje en el tren, que tiene una duración de tres horas para poder llegar a la estación de Qoriwayrachina en Aguas Calientes, el pequeño pueblo en donde nos bajamos para tomar después el ómnibus que sube hasta Machu Picchu. Había mucho turismo europeo, se escuchaba hablar en muchos idiomas. Nos situaron con orden en nuestros lugares. Hacía tanto frío como afuera y les puedo asegurar que todos estábamos anhelando un cafecito caliente.

Transcurrió algún tiempo y puntualmente el tren se puso en marcha. Lentamente comenzó a ascender cuesta arriba hacia las montañas. Cada determinado trayecto, el tren aminoraba la velocidad para poder cambiar de vía, ya que es tan antiguo que, para poder ascender, cambia de carril para que la tracción sea mayor, retrocede un poco, cambia de vía y toma fuerza. Para explicarlo mejor, diría que necesita tomar impulso para subir y esto ocurre desde el principio del trayecto, hasta que supera la cuesta de la montaña más pronunciada.

El paisaje es maravilloso, uno se siente abrazado por las entrañas de la montaña. Todo el camino se puede ver el río Wilkanota, que serpentea con fuerza por las laderas de las montañas. El tren lleva el mismo rumbo de su cauce.

—¡Qué maravilla! —pensaba yo—, estoy inmersa entre la sierra y la selva, ubicada en el corazón de los Andes orientales. ¡Qué emoción!

Pusieron un video muy interesante en la pantalla de televisión del vagón, sobre Cusco y Machu Picchu. Me sirvió mucho toda la información para ubicarme, pues la experiencia tan impactante que iba a tener la debía recibir con atención y conciencia. La maravillosa magia que encierra la civilización de los incas me estaba esperando.

El parque arqueológico de Machu Picchu está situado a una altura de 2 450 m sobre el nivel del mar y pertenece a la provincia de Urubamba, en un paraje oculto y de difícil acceso, entre el cañón de Urubamba y la cadena de montañas del Wilkabamba. Se construyó en un valle altísimo sobre la montaña. A sus pies se divisa el río sagrado de Wilkanota, que rodea la península pétrea de Picchu. Sus aguas continúan lujuriantes hasta la selva amazónica.

Llueve mucho, durante nueve meses, de agosto a abril, hay mucha humedad, es por eso que hay tanta vegetación y se le denomina el "Reino de las Nieblas". Hace calor, pero como está tan alto, cuando la neblina oculta el sol, baja la temperatura.

El sol nos recibió en la estación de Aguas Calientes y de la tierra se desprendía un olor húmedo. Al bajar del tren, sentí alegría, me sentí como una niña con un gran deseo de descubrir cosas nuevas, bajé mi pequeño equipaje y comencé a caminar. No sabía hacia dónde me dirigía, se suponía que alguien enviado por Cucho me iba a estar esperando. De repente, de entre las personas que esperaban, me encontré con la mirada dulce de una chica joven que se dirigía a mí.

—¿Usted es Lilia? —me preguntó.

—Sí, soy yo —le respondí con una sonrisa.

—Soy Isabel, trabajo con Cucho —me dijo al momento que me ofrecía la mano para saludarme—. Me pidió que la recibiera y la llevara a su hotel. Él llegará para encontrarse con usted más tardecito.

—Muchas gracias, Isabel. Indícame el camino, pues estoy ansiosa por iniciar esta aventura.

Isabel llamó a un muchachito para que cargara mi maleta y comenzamos a caminar por una callecita empedrada que cruzaba un mercado típico. Caminamos entre los puestos que vendían toda clase de artículos, suéteres tejidos llamados *chompas*, cosas bordadas, piedras de cuarzos, figuras prehispánicas, comida, artesanías de barro; en fin, mil cosas. Por todo el lugar se escuchaba el sonido de las voces de los vendedores que ofrecían su mercancía.

—¿Éste es el lugar en donde me voy a quedar a dormir esta noche? —le pregunté intrigada a Isabel.

—Sí, vamos directo al hotel —me respondió con el mismo acento de los lugareños—, le va a gustar, es pequeño pero tiene una hermosa vista al río y está limpio y cómodo.

—¡Qué bueno que da al río! —le dije entusiasmada—, amo los ríos; desde muy pequeña me han causado un sentimiento muy grato de libertad. Sé que lo voy a disfrutar mucho.

El pueblo era pequeñito, pues en realidad se componía de dos cuadras largas. Se había construido de un lado a otro de la vía del tren, que antiguamente llegaba hasta el mismo pueblo, hasta que se construyó la estación un poco más arriba.

En cada lado de la vía había pequeñas construcciones, los hotelitos que miraban al río y unos cuantos negocios, y del otro lado, restaurantitos y tiendas. La segunda cuadra se encontraba justo atrás y allí también había tiendas en donde se vendían curiosidades, ropa, libros, cuarzos, y más restaurantes.

Llegamos al hotel, que era muy bonito, construido en gran parte de madera. Me registré y me llevaron a mi cuarto. Mi habitación era pequeña, tenía dos ventanas grandes y una de ellas tenía un balcón de madera que quedaba justo encima del río. El sonido del afluente me llenó el alma, era fuerte y constante porque el río bajaba con mucha agua y a gran velocidad. Estaba fascinada viéndolo, frente al balcón había una montaña enorme llena de vegetación y cuyo fin no podía alcanzar a ver. Yo no daba crédito, era un lugar en donde siempre había soñado encontrarme, no quería moverme de allí. Me dispuse a meditar, pues estaba verdaderamente feliz y no quise desaprovechar el momento.

Después de un largo rato salí para ir al local en donde me dijeron que estaba la agencia de viajes y oficina de Cucho; quedaba a unas cuantas casas de donde me encontraba. Entré, allí estaba Isabel y le pregunté si ya había llegado Cucho, me dijo que ya venía en camino.

Hojeé unos libros que vendía y folletos de Machu Picchu, tenía cuarzos, postales muy lindas, plumas de aves, me mantuve entretenida platicando y bromeando con Isabel. De repente, a mis espaldas escuché una voz pausada que saludaba. Me di vuelta y encontré a un hombre bajito, de ojos penetrantes y con un brillo muy especial, llevaba puesto un sombrero de piel negro y un suéter grueso tejido. Su cabello largo lo tenía sujeto en una cola sobre la nuca. Era un auténtico quechua. Me sonrió levemente y me saludó con suavidad.

—Yo soy Cucho, el amigo de Roberto. Me da gusto conocerte, Lilia.

—¡Cucho, no sabes lo feliz que estoy de encontrarme en este lugar y de conocerte! —respondí emocionada de conocer finalmente a mi guía en este viaje—. ¡Sé que este viaje me va a dejar una huella muy profunda, pues estoy trabajando mucho en el crecimiento interior y en mi despertar místico. Sé que tú me vas a aportar conocimiento!

Cucho me miraba fijamente, con delicadeza y, al mismo tiempo, percibiendo las señales que mis emociones le mandaban. Sus ojos, pequeños y alertas, escudriñaban mis gestos. Aunque su estatura era corta, la actitud, seriedad y energía que emanaba de él lo hacían ver radiante. Su presencia se hacía sentir en el lugar.

—Lilia —me dijo—, tenemos mucho que ver, así es que mejor partimos ahora hacia la zona sagrada de Machu Picchu. Ve al hotel mientras yo compro los boletos de autobús y recoge lo que vas a llevar.

—¿Qué clase de ropa llevo, me visto de blanco? —le pregunté.

—Ponte algo cómodo —me dijo—, de preferencia de manga larga, pero ligero, para protegerte de los mosquitos, pantalones sueltos y tenis. Llévate algo para cubrirte más, porque más tarde refresca y hasta puede llover.

Salí corriendo, me cambié y regresé a la agencia. Cucho tomó algunas cosas y nos despedimos de Isabel. Cruzamos las vías del tren y llegamos al lugar en donde ya había varios autobuses estacionados esperando a los turistas. Subimos, nos sentamos en el asiento del frente para tener mejor vista y a los pocos minutos el autobús arrancó.

¡No lo podía creer, Cucho iba a ir sólo conmigo! No iba a llevar a un grupo, me acompañaría sólo a mí y eso era algo muy difícil de lograr, pues hay mucha gente esperando para ser guiada por este gran chamán. Él lo había decidido así: iríamos solos.

Le hable de la cosmovisión Anahuaca, en la que no existía el concepto de dioses ni diosas, sino que eran Principios Generadores de Energías, masculinas y femeninas, emanaciones de una Inteligencia Suprema Dual, creadora de todo lo que existe.

—Está sintetizada y expresada en tres conceptos —le dije—. Trataré de explicártelos:

"El primero es *Tloque-Nahuaque*, la fuerza de cohesión, de unión, por medio de la cual todo está en su justa medida. Como los dedos de una mano, los cuales no están tan lejos uno del otro y, sin embargo, permiten cumplir la función de la mano, 'ni tan cerca ni tan lejos'. De este concepto se desprende el segundo.

"El segundo concepto es *Ipalnemohuani,* que es aquello por lo cual existimos todos los seres del universo, es la fuerza primigenia que en un momento inmemorial creó las condiciones para que la primera chispa de vida generara más vida.

"El tercer concepto de la filosofía ancestral de nuestros abuelos se llama *Ometeotl* y se refiere a la suprema dualidad universal, equivalente al Dios hebreo, europeo o católico. Sólo que en este caso es femenino y masculino, es decir, todas y cada una de las fuerzas que actúan en el universo son siempre Padre y Madre, espacio y tiempo, materia y energía.

"Por ejemplo, nuestro sol es Padre Sol y Madre Sol, sus nombres son Totatzin-Tonatiuh y Nonantzin-Tona, la luna es Teccistecatl y Coyolxauhqui, y la Tierra, nuestra Madre y Padre Tierra, es Tlaltecuhtli y Tlalcíhuatl. Y así se repite esta dualidad en todos los fenómenos naturales, como la lluvia, el viento, el fuego de los volcanes y todos los demás."

Cucho escuchaba atentamente. En silencio, casi sin mover un músculo de su ser, recibía cada palabra que salía de mi boca. Mientras hablaba me daba cuenta de que aquel hombre no sólo comprendía lo que le relataba sino que, además, en su mente encontraba conexiones que establecían una cercanía entre nuestras dos culturas.

—Algo que me impacta, Cucho, es el parecido que existe entre el mito andino de Viracocha y el mito tolteca de Quetzalcóatl: hombres blancos y barbados que vienen a cumplir el papel de educadores místicos para nuestros pueblos. Claro está que éste es un tema profundísimo a tratar. Así como la similitud de los conceptos sobre los mundos o espacios que dividen los distintos niveles metafísicos. En el mundo andino a éstos les llaman Uku Pacha, Kay Pacha y Hanan Pacha, y en el Anáhuac son el Mictlan, el Tlalocan y el Tlalpan. Todo esto nos hace constatar la comunicación espiritual que existía en nuestras culturas.

"Con el tiempo, en México hemos recuperado algunas de las ciudades sagradas, como Xochicalco, Teotihuacan, Tollan, Xicocotitlan, Cholula, Huapalcalco, Malinalco, Palenque, Monte Albán, Chichén Itzá y, por supuesto, nuestra digna y heroica México-Tenochtitlan, que continúa abriéndose paso a pesar del crecimiento urbano, en manos de los arqueólogos, historiadores, arqueoastrónomos y los mexicanos y mexicanas de corazón como yo, que no olvidamos el legado de nuestros queridos ancestros, quienes nos dejaron dicho: 'mientras permanezca el mundo, no terminará ni la fama, ni la gloria de México-Tenochtitlan'."

Cucho seguía en silencio, receptivo y alerta. El camión comenzó a subir por una carretera muy angosta y sinuosa, la cuesta era muy empinada y a un lado se veía una barranca muy profunda a medida que subíamos.

El trayecto hasta la cima se lleva una media hora y durante ese tiempo Cucho me fue preguntando la razón por la cual había hecho este viaje.

—¿Qué te impulsó a venir aquí, Lilia?

—Desde hace años he soñado con este lugar remoto —respondí de inmediato con toda sinceridad—. Tengo gran interés por las tradiciones que nos legaron nuestros antepasados, conozco su gran sabiduría. Tú sabes que soy mexicana y quiero decirte que admiro y amo mi país y estoy muy orgullosa de mi pueblo y de su historia. Ahora un sentimiento muy especial me atrajo hasta Perú.

"Algo en mi corazón me decía que debía venir al Perú, ya que nuestros pueblos son los pilares de grandes civilizaciones en Latinoamérica —conforme avanzaba en mis palabras una emoción me embargaba—. En esta nueva era, nuestros países van a tener mucho que ver en el despertar de la conciencia mundial. Mi misión es servir a mis semejantes preparándome, estudiando y esforzándome para llegar a ser un humilde instrumento de Dios, para ayudar a sembrar el bien y el amor en este hermoso mundo. Sé que debía vivir esta etapa de crecimiento, aquí en tu tierra, sé que existe una razón poderosa.

—¡Entonces no me equivoqué! —me dijo Cucho emocionado—, es por eso que decidí venir solo contigo, pues tenemos mucho que hacer juntos en el trabajo místico; creo que estamos en el mismo camino tú y yo.

Me quedé callada y sorprendida. Cucho no sabía nada de mí y, sin embargo, ya había intuido cuál era la razón de mi visita. Justo en ese momento íbamos entrando al lugar en donde teníamos que bajar del autobús.

Llegamos a un edificio de construcción moderna; era un hotel y había un gran restaurante.

—Lilia —me dijo—, seguro no has comido nada. Yo ya desayuné fuerte temprano. Entra y come algo en el restaurante, pues vamos a regresar ya tarde y no vas a aguantar sin comer, vas a necesitar energía para caminar y escalar mucho. Ve, mientras voy a comprar los pases de entrada y a saludar a unos amigos, te espero en esta entrada.

Así lo hice, comí algo rápido, pues no quería perder tiempo. Probé comida muy sabrosa de la región y compré dos botellas de agua, una para mí y otra para Cucho.

APRENDIZAJE: LA HUMILDAD ES SABIDURÍA

Para poder aprender de esta experiencia tuve que practicar la humildad, que es la cualidad que poseen los seres sabios. Es necesario entender que la sabiduría no se mide por la cantidad de información que se logra poseer. La sabiduría de alguien se detecta en su capacidad de comprender lo que aprende de la observación, de sus vivencias y de sus experiencias. El sabio aplica y es ejemplo de bien en su vida; su capacidad de amar, compartir y servir es desinteresada.

La humildad es la única forma en que podemos aprender, pues si estamos vestidos de soberbia no escuchamos, creemos saberlo todo, sólo escuchamos nuestras propias palabras y no aceptamos ser guiados por nadie.

Dios nos manda maestros y guías que se cruzan en el sendero por el que vamos caminando en la vida. Se nos cruzan cuando menos los esperamos y nos ofrecen su mano para guiarnos. Sólo depende de nosotros darnos cuenta de la oportunidad que se nos ofrece para aprender y crecer.

Todos somos maestros de todos. Hay maestros buenos y dulces, hay otros estrictos, los hay demandantes y hasta crueles, que nos enfrentan al sufrimiento, pero de todos aprendemos una lección necesaria para que nuestra alma evolucione.

> Sé humilde para que puedas aprender en este viaje que realizas a través de la vida. Acepta guías y maestros que te ayuden a conocer los secretos que están escondidos en las vivencias y los símbolos.
> ¡Atrévete, aprende a escuchar!

Los encuentros entre los seres humanos son organizados, por así decirlo, desde el mundo espiritual. Ningún encuentro es "por casualidad", detrás de cada encuentro está oculto un "para qué". Esta conexión con otra alma nos trae una lección y una vivencia que puede convertirse en buena o mala, dependiendo del grado de conciencia que tengamos en el momento que ocurre.

La Energía Creadora, o sea Dios, respeta nuestro derecho a elegir y decidir. Eso es el Libre Albedrío, que nos da la libertad de pensar, sentir y actuar a voluntad. La Energía Creadora sólo nos pone encuentros en el camino.

Mi encuentro con Cucho trajo una intención muy clara, la de acercarme a la maravillosa magia de la naturaleza, para poder captar los mensajes que residen en su corazón y recibir su enseñanza. Toda esta magia nos llega al alma, y la intuición es la que nos guía. Aprendemos entonces a escuchar el canto y el ritmo de todo lo que está vivo en la naturaleza.

Todos los pueblos indígenas sentían una gran devoción, amor y respeto por el ser vivo que es la Madre Tierra, la Pachamana para los incas, Coatlicue para los mexicas o Gaia para los griegos. Todos ellos, por medio de sus ritos, su danza, su música y sus relatos, nos transmiten su interés y su dedicación para protegerla y así agradecerle todas las bendiciones que nos regala día con día. De igual manera respetaban al Sol, a la Luna y a las estrellas.

Todos los seres humanos debemos buscar la oportunidad de tener encuentros con el mundo que nos rodea, con las montañas, con el viento, con el mar, los ríos, los árboles, las piedras; todos tienen algo que contarnos. Debemos sumergirnos en sus secretos y convivir en paz y con respeto en los mismos terrenos.

Para nuestros antepasados, los animales también eran sus maestros, les llamaban sus "aliados de poder", porque dicen que nos ayudan con sus propias energías. Hay unos aliados de poder benéficos, que nos protegen y guían, pero también hay otros que nos pueden hacer daño. Pero al entrar en contacto con la hermandad del mundo de la naturaleza, todos te ayudan para poder completar tu misión en la vida. Siempre estamos todos unidos por la energía del sol.

Aprecia los encuentros, pues son claves importantes para ir construyendo tu destino.

MEDITACIÓN

Me siento en un lugar tranquilo y me preparo para meditar. Inhalo profundamente y me lleno de pensamientos positivos que me hacen sentir bien. Repito dos veces más esta respiración. Siento cómo una tibia brisa me acaricia y el viento me transporta, me lleva hacia un lejano lugar entre las montañas, me deposita suavemente en un camino muy antiguo, hecho de piedras pulidas por el pasar del tiempo y que han sentido el paso de los miles de pies que han recorrido el camino sagrado hacia Machu Picchu, cada uno buscando un fin distinto, ascendiendo entre las entrañas de la cordillera de Vilcabamba.

Miro todo lo que me rodea, escucho el sonido ronco del río que avanza con fuerza y acompaña al camino. La selva es la dueña del paisaje, todas las murallas de roca están cubiertas de árboles, el aire huele a selva, la vegetación es exuberante y me envuelve un calor húmedo.

Avanzo en el camino. Hay grandes acantilados. Más adelante veo en la montaña ciudades colgantes que los incas construyeron en algunos tramos, frente a los precipicios que van a descansar en las aguas del río.

¡Qué libertad siento! Escucho el canto de las aves y los murmullos escondidos de los animales que viven en la selva y mi conciencia me dice que así es la vida, que está llena de misterios, sorpresas, abismos y valles; que ponga atención porque el camino me está enseñando que en cada encrucijada y precipicio, o simplemente en alguna piedra, hay una señal que me indica algo importante que debo notar para continuar adelante o para cambiar de rumbo; que todas son experiencias valiosas que no han ocurrido en mi vida por casualidad; que recorrer el camino de la vida es un reto en el que me voy a encontrar con muchas pruebas y obstáculos que debo superar, pero que no me debo desanimar ni desilusionar. Por el contrario, para poder llegar a la cima, debo persistir e insistir, continuar con alegría, con voluntad y con la intención muy clara frente a mí, para no perderme en el camino.

Después de mucho ascender entre nubes y desafíos de la montaña, llego a donde comienza una explanada. Con cautela y emoción me aproximo, descubro una escalinata escondida por arbustos y flores, y comienzo a subir por ella lentamente. Siento que he llegado a la cima del mundo, mi corazón palpita emocionado; al terminar la escalinata camino un tramo y de repente se abre ante mí un panorama majestuoso y hermosísimo: ésta es la ciudad sagrada de Machu Picchu. Parece que está colgada de las nubes, todas sus construcciones y terrazas están cubiertas de pasto verde, y las montañas la rodean para protegerla.

Siento su magia que me envuelve, escucho la melodía de voces femeninas que me invitan a pasar, me abren la puerta para entrar a su recinto sagrado, quieren enseñarme, quieren transmitirme su sabiduría ancestral y, lentamente, comienzo a descender los peldaños que me llevan a su ciudad, perdida en algún lugar de los Andes.

Con este sentimiento de paz y asombro me estoy abriendo para penetrar en los misterios espirituales de los incas. Voy al encuentro de su magia, busco encuentros, inhalo suavemente, y poco a poco retorno a mi realidad, aquí y ahora, pero traigo conmigo el deseo de continuar el camino que me lleva hacia una nueva iniciación en mi vida.

4

La enseñanza

Llegué a la entrada y allí estaba Cucho. Escogimos unos bastones hechos de varas gruesas de madera y comenzamos a subir la montaña por unas interminables escaleras de piedra construidas por los incas desde hace cientos de años.

—¿Estás cansada? —me preguntó Cucho.

—No, afortunadamente hago mucho ejercicio —le respondí sin aminorar mi ritmo—, tengo muy buena condición y además estoy acostumbrada a la altura.

Sonrió y dijo:

—¡Vaya, eso es una ventaja! Vamos a poder avanzar y ver muchas cosas.

Llegamos al final de la escalera y me quedé muda. Frente a mí estaba la imponente ciudad sagrada de Machu Picchu. La había imaginado muchas veces desde que supe de su existencia y, desde que decidí hacer el viaje, había pensado en cómo me sentiría al verla por primera vez. Pero esta primera impresión me rebasó. No lo pude evitar, los ojos se me llenaron de lágrimas y le di gracias a Dios por el privilegio de estar en tan hermoso lugar.

Cucho se dio cuenta de mi emoción y mis lágrimas. Con mucho respeto me llevó a un lugar un poco más adelante, en donde había unas grandes piedras voladas y me pidió que nos sentáramos. Obedecí y me senté en silencio, entonces me dijo con solemnidad:

—Cierra los ojos y siente a Machu Picchu. Siente su energía, escucha cómo te recibe, y deja que este sagrado lugar te sienta y te reciba también.

Así lo hice, poco a poco me fui sumergiendo en su energía, sentí una gran paz y percibí que era un lugar sensible; había mucha fuerza, pero también ternura; se manejaba un amor muy femenino; el misticismo y la magia se podían respirar. Me sentí muy a gusto, yo le gustaba al lugar, y me puse a meditar, me pude alejar del sonido de las voces de los que estaban cerca hablando y logré mezclarme con la esencia del lugar. No sé cuánto tiempo pasó, abrí los ojos y volví a ver la majestuosidad de esa ciudad sagrada, veía todos los picos de las montañas que la rodeaban como protegiéndola, el verdor refrescaba mis sentidos, las nubes parecían ángeles volando y el sol besaba mi piel.

Fue un momento en el que el tiempo se detuvo. Me estacioné en un tiempo en donde todos mis sentidos estaban despiertos, atentos, gozando, admirándose y pensé: "Estoy viviendo unos instantes de verdadera conciencia". Allí estaba yo presente, en el aquí y ahora, me estaba "dando cuenta" de que estaba viva.

Pude percibir que Cucho me observaba y me dijo:

—Lilia, las sacerdotisas, o ñustas, te están recibiendo en su recinto sagrado y ellas son muy celosas de su lugar. Aquí es el recinto de las *laykakunas*, vírgenes antiguas —me dijo señalando hacia el lugar—. Éste es un sitio en donde la energía femenina es la que rige.

"Quizá no lo sepas, pero Machu Picchu era una ciudad dirigida por mujeres muy poderosas, todas ellas eran sacerdotisas vírgenes muy respetadas. Se comunicaban con las *wakas*, que son seres o cosas sagradas. Además, también había entre ellas adivinas y hechiceras. Muchas de ellas provenían de la élite o nobleza y habían llegado de diferentes lugares del imperio inca, la fuerza de Machu Picchu eran sus mujeres, los sacerdotes hombres que había estaban bajo su mando."

Conforme avanzaba en su relato, Cucho miraba a la ciudad como implorando la presencia de aquellas mujeres. El tono de su voz era pausado, lento, como si intentara impregnar toda la atmósfera con el recuerdo de aquellas sacerdotisas que imperaban en el lugar.

—Es por eso que has sentido que éste es tu lugar, porque tú eres mujer con poder también —me dijo mirándome fijamente a los ojos—. Eres mujer con una misión de servicio y las sacerdotisas maestras han captado tu vibración; saben que tú trabajas con el bien y con el amor. Es por eso que las nubes, que en nuestras creencias son ángeles y les llamamos *warpas*, se han retirado. ¿Te das cuenta de que no hay neblina? Eso no es algo común a esta hora. Hoy está despejado, hemos podido ver la ciudad completa y todos los picos de las montañas. Esto no es común aquí, créemelo, podemos ver hasta el infinito.

No supe qué responder, estaba demasiado emocionada. Efectivamente, yo no sabía nada de lo que me acababa de contar, pero lo pude intuir.

Cucho sacó de su *chuspa* de tela unas hojitas de coca y me dijo:

—Estas hojas de coca son la ofrenda más preciada que tenemos los quechuas para nuestras *wakas*. Antes de bajar y entrar en el sitio, debemos hacerle una ofrenda a la Pachamama, que es la Madre Tierra, la madre de todo. Se escogen las más perfectas, yo siempre ofrezco tres hojas, ten tres para ti —me dijo, entregándome tres pequeñas pero hermosas hojas— y haz lo que yo hago. El nombre sagrado de las hojas de coca es Cocamama.

Nos pusimos de pie, tomó las hojas con sus dos manos, las alzó hacia el cielo, pronunció unas palabras en quechua y las tiró hacia el viento. Yo, al mismo tiempo que él, hice mi parte. Recogimos nuestras cosas, tomamos los bastones y comenzamos a descender las escaleras de piedra, hacia la entrada de la ciudad sagrada. Con gran respeto, Cucho me dijo:

—Estás entrando a un centro de energía cósmica. Todas las montañas que lo rodean son sus *apus*, que significa "protectores", son los espíritus de las montañas que cuidan y guardan los secretos de este lugar sagrado. Mira, ve esas dos montañas —me dijo, al tiempo que se detenía y señalaba una montañas imponentes—. Al sur está la que llaman "Montaña Vieja", el sitio lleva su nombre, Machu Picchu. Al norte está la "Montaña Joven", se llama Wayna Picchu, y allá está P'untucusi, la montaña que nace alegremente.

A medida que pisaba ese terreno lleno de tradición y magia, sentía yo la presencia silenciosa de las almas de los incas, almas de gran sabiduría, señorío y dignidad.

Caminábamos sobre la Plaza Principal, la energía se podía respirar, me sentía transportada a otro tiempo y seguía los pasos del chamán sabiendo que cada instante penetraba más en la magia de ese lugar imponente.

—Lilia —me dijo—, vamos a ir primero al único espacio funerario que se encuentra dentro del sitio; vamos a presentar nuestros respetos a la gran *ñusta*, la mujer de mayor rango religioso de Machu Picchu. Ella era venerada como la esposa del Sol, era la Acllawarmi, la Madre Maestra más importante; es por eso que su tumba se encuentra ubicada aquí en la Plaza Sagrada, cerca del Templo de las Tres Ventanas y el Templo Principal. Regía sobre todos los demás. A esta señora principal la llamaban Coñari, llevaba colgada al cuello una pequeña cucharilla de plata y cobre con la forma de un colibrí, Q'entí, la pequeña ave sagrada.

¡Sí, les puedo asegurar que ella era un ser dominante, fuerte y muy sabia, pues su vibración, a pesar de haber transcurrido 480 años desde el esplendor de Machu Picchu, se captaba en el ambiente!

Cuenta la historia que las Accllawarmis eran de noble cuna. Se elegía a las más hermosas y hábiles para que fueran enclaustradas en palacios y en templos. Trabajaban hilando, tejiendo y haciendo ropa finísima para los nobles y ricos del imperio, y producían constantemente, acumulando grandes riquezas para sus templos. Todas eran vírgenes y habían de realizar también los rituales sagrados y preparar la *chicha* (bebida sagrada usada en rituales y sacrificios, que se hace de maíz que se deja fermentar y se convierte en bebida alcohólica).

De la tumba de la Accllawarmi, Cucho me llevó al sitio en donde vivían las *mamaconas*, las madres maestras que eran las que enseñaban y preparaban a las jovencitas que llegaban al templo desde los seis hasta los 16 años, edad en que se decidía si se quedaban al servicio del Sol Inti o se destinaban al servicio del Gran Apu Inca, el gobernante, quien también las obsequiaba a sus capitanes o a sus amigos y parientes.

Estando en la casa de las *mamaconas*, entramos a una de las habitaciones y nos sentamos para meditar. Cucho comenzó a entonar unos mantras, el sonido regresaba como un eco y después de vagar por las montañas regresaba cargado de armonía, ya que a Machu Picchu se le conoce como la "Tierra de Paz".

Estas maestras seguramente eran sabias y llenas de valores, pues cultivaban su mundo interior, en donde viven el alma y el pensamiento. Se podía percibir en ese recinto su entrega al servicio bondadoso que se esmera en combatir la ignorancia. Estuvimos mucho tiempo sumergidos en esa sensación de bienestar y paz.

Me explicó cómo era la cosmovisión andina. *Pacha* quiere decir "mundo" y a éste lo dividían en tres niveles:

1. Hanan Pacha: el cosmos
2. Kay Pacha: la superficie terrestre
3. Uku Pacha: la región invisible

Cada uno de estos mundos tiene un animal sagrado. El mundo subterráneo, el Uku Pacha, es representado por las serpientes: la de una sola cabeza es Yacumama o Agua Sagrada, y la de dos cabezas, Sachamama o Árbol Sagrado. Cuando saca la cabeza por un agujero del subsuelo, Yacumama se convierte en río que rodea y cuida la ciudad sagrada de Machu Picchu.

La serpiente bicéfala trepa lentamente sobre la superficie, parece un enorme tronco de árbol y limpia el mundo de la superficie. Con una de sus cabezas se alimenta de aves e insectos y con la otra de los animales de la superficie. El día que asciende al cosmos, Hanan Pacha, se transforma en arcoíris, después de superar y evolucionar el mundo de la materia, y fecunda a la Madre Tierra con plantas, peces, aves y animales, regalando a los hombres los colores. Yucumama, al ascender al cielo, se transforma en rayo, en Illapa, deidad acuática que anuncia a los humanos las tempestades que traen lluvia a la Tierra.

El mundo de Kay Pacha, la superficie terrestre, es representado por el puma, que simboliza la fuerza del valor y la voluntad que necesitan los seres humanos para caminar por los senderos de la vida, para superar los instintos de los sentidos corporales y ascender al cielo, al Hanan Pacha, y así convertirse en el cóndor que simboliza el plano celeste, el cosmos, y volar hacia la libertad del espíritu.

Cuando Cucho me daba esta explicación, de manera inconsciente toqué mi *chakana*, la cruz andina que me había regalado Roberto en Buenos Aires unos días antes de que partiera hacia Machu Picchu. Sentía su textura y recorría su forma con mis dedos, cuando recordé parte de la explicación que mi amigo me había dado. Vinieron a mi mente las palabras de Roberto que me decía que la *chakana* permitía la comunicación entre el plano celeste, la región invisible y la superficie terrestre. Al encontrar concordancia entre lo que Cucho me decía y lo que Roberto me había mencionado, no pude más que descubrir que aquel regalo era, al mismo tiempo, un objeto que arrojaba luz sobre mi mente y mi espíritu. Me había sido entregado para comprender más a la civilización inca.

Al mismo tiempo, mientras escuchaba la explicación que me daba Cucho, pensaba cómo es que cada pueblo en el mundo encuentra la forma de describir el mundo invisible del espíritu.

Me hallaba tan feliz, no me sentía ajena en ese lugar maravilloso, sino afín a su naturaleza, a ese paisaje impactante y apacible alejado de la prisa y el ruido. Había muchas personas que, como yo, se habían esforzado por llegar a este apartado rincón del mundo para descubrir la grandeza de esas almas indígenas que con sabiduría dejaron la herencia del gran conocimiento que habían logrado adquirir. El gran desarrollo espiritual, que los impulsaba, los apoyaba y los guiaba, los hacía ubicar su intención y su atención consciente en lo que creaban; así lograron las prodigiosas construcciones ubicadas en lugares estratégicos de energía y poder, descifrando los mensajes del cosmos con maestría en sus cálculos matemáticos y astronómicos.

Recordé que en México los mayas habían creado el calendario más exacto que existe.

—Lilia —me llamó Cucho con suavidad—, vamos a proseguir nuestro recorrido. La meditación fue profunda, sé que percibiste muchas cosas. ¿Te había dicho que mi nombre en realidad es Juan de Dios?

—¡Gracias Cucho por esta meditación! No, no lo habías mencionado. Me gusta mucho tu nombre cristiano que me acabas de decir. Vamos pues, hay mucho que aprender.

Tomamos nuestros bastones y nos dirigimos al lugar en donde se encontraba una pequeña construcción. Entramos, el espacio de las alcobas era reducido.

—Aquí vivían las mujeres enanas. Hace tiempo se encontraron los restos de cerca de 20 personas enanas, parece ser que alguna pudo llegar a ser *ñusta*, pero la mayoría eran artesanas. Se dice que ellas hacían la ropa de los infantes y también eran ayudantes de la hechicera, o quizá eran bufonas. Parece ser que muchas se casaban con enanos también y formaban sus familias.

Continuamos. Aunque ya habíamos recorrido el santuario por varias horas, no sentía el menor cansancio, al contrario, estaba llena de energía. Nos dirigimos hacia la plaza principal, las nubes estaban muy bajas y soplaba un viento suave y húmedo. A lo lejos escuché el sonido de un caracol que seguramente estaba siendo utilizado en una ceremonia mágica religiosa; era un sonido lleno de nostalgia al que se unió el de una quena, que es una flauta que tocan los *queros*, los actuales herederos de los incas. Su sonido está lleno de paz y es triste, es un sonido doliente.

Cucho me llevó a un lugar en la Plaza Sagrada y me indicó pararme sobre un basamento angular, estaba exactamente al centro de la plaza principal y me dijo que ahí se encontraba un monolito sagrado, una piedra como una aguja gigante que simbolizaba la unión de Machu Picchu con el cosmos. En ese lugar residía la fuerza espiritual del sitio, se llamaba Wanka y los incas le concedían poderes sobrenaturales de protección. Desgraciadamente fue derribada por personas irresponsables que desconocían su importancia mágica y religiosa. Ocurrió que la dañaron para que pudieran descender los helicópteros, sin darse cuenta del deterioro que producía la vibración de estos aparatos voladores a la estructura pétrea y el suelo del sitio.

Me indicó que cerrara los ojos, que percibiera la vibración del lugar y me llenara de su energía mágica. Así lo hice y en ese momento me dejé fluir en su magnetismo, una fina llovizna me comenzó a rociar la piel y me llenó de frescura. A lo lejos seguía escuchando el canto triste de la quena, lleno de añoranza, y sentía viva esa maravillosa ciudad; sentía a su gente, a todas esas almas llenas de dignidad, orgullosas de su imperio y de su conocimiento ancestral, cuyo misticismo correspondía a una elevada evolución espiritual.

Sentía esa mezcla de magia y sabiduría que habían logrado por su conexión con la naturaleza y el cosmos. Esas conciencias despiertas y lúcidas eran como esponjas que captaban los mensajes que les llegaban del Creador Supremo del Universo, que en su religión eran Viracocha y Pachamama. La filosofía andina se basaba en el amor y el respeto, en la intención y la intuición, y en la misión de servicio que venían a cumplir durante su estadía en el planeta Tierra. Todo esto ocurría allá en un pico elevado de los Andes.

Estaba sumergida en esa paz, recibiendo con conciencia bendiciones, cuando el sonido del caracol que un chamán tocaba me regresó a la realidad, era la forma en que ellos despedían la presencia del sol, que en ese momento se ocultaba por detrás de las montañas. En silencio agradecí nuevamente a Dios el privilegio de encontrarme allí. Cucho sonrió y comenzó a dirigirme lentamente hacia la salida del santuario; lo seguí, él se agachó y levantó de entre la tierra mojada unas piedritas, eran pequeños pedacitos de cuarzo, los puso en mi mano y me dijo:

—Ten, llévate un regalito que te dan con amor las *ñustas* de este sagrado lugar para que no olvides este día. A ellas los cuarzos de cristal de roca les daban un poder sagrado para adivinar y tener clarividencia, con ellos curaban. Mañana vamos a regresar para iniciar dentro de ti el "Camino de los incas".

De regreso al pueblo de Aguas Calientes, en el autobús, Cucho me platicó de su vida, sentí que había nacido una profunda amistad espiritual entre los dos. Me contó cómo había sido su infancia, la manera como decidió convertirse en chamán al sentir el llamado siendo muy pequeño, su crecimiento espiritual y el gran amor que siente por su pueblo. Percibí al ser humano, al hombre que había sido elegido desde el plano espiritual para cumplir una función que incluía el aprendizaje que yo recibía ahora.

Al llegar me quedé en un pequeño restaurantito para comer algo, estaba muy concurrido por viajeros que, como yo, estaban emocionados e impresionados. Cada uno externaba sus propias experiencias del mágico Machu Picchu; algunos, muy atareados, estaban sentados en las computadoras que alquilaban en el mismo restaurante.

Terminé de cenar, pagué mi cuenta y crucé la vía del tren para entrar a mi hotel. Era tan romántica la simplicidad y la frescura de la vida de este pueblo, que me sentí transportada a otra realidad llena de cosas verdaderas.

La chica encargada del hotel me entregó mi llave con una gran sonrisa, abrí la puerta de mi cuarto y el sonido del río me acarició el alma. Salí al balcón, la montaña en la oscuridad era imponente, el río bajo mis pies fluía con gran brío, estaba inmersa en la fuerza de la naturaleza. Me senté y me puse a meditar; no sé cuánto tiempo pasó, pero me llené de armonía y paz.

Me lavé la cara y los dientes, y me fui a acostar. Me quedé profundamente dormida, soñé y soñé, y en ese sueño entendí muchas cosas. Me soñé ubicada nuevamente en el sagrado lugar de Machu Picchu, caminaba en aquella ciudad. Había muchas mujeres, todas vestidas con atuendos blancos, que hablaban en voz baja y con respeto en un idioma dulce y melodioso, veía entre ellas a hombres muy altos, eran como guardianes elegidos del lugar sagrado. En uno de los recintos veía a unos seres enanitos que se reían como niños y bailaban y cantaban, y les oía decir:

—Despertemos la alegría, porque a los adultos se les va olvidando reír, por eso se vuelven viejos. Nuestro trabajo es muy importante, es por eso que no crecemos, para ser recordatorios vivientes del niño que todos llevamos dentro, por eso somos chiquitos y alegres.

Yo me reía, y al hacerlo sentía el sabor de la inocencia y la curiosidad por descubrir todo lo nuevo que me ofrecía la vida. Me sentía feliz y niña nuevamente, y continuaba mi camino ágil y llena de ilusión. De repente, llegaba a una puerta por cuyas rendijas se filtraba mucha luz que venía de dentro; me acercaba a ella y se abría lentamente. No podía ver por la luminosidad que tenía ante mí, y entraba, algo me atraía con gran fuerza, era un pasillo largo, a los lados veía siluetas como doradas que se movían con suavidad y me invitaban a entrar.

Escuchaba un canto lleno de paz, eran como notas bellas susurradas y, frente a mí, veía un lago con las aguas color turquesa, entraba lentamente en él, sentía un alivio profundo en mi alma, era como si me estuviera lavando las pequeñas heridas que me habían dejado las vivencias con sufrimiento y los resentimientos pero, sobre todo, me estaba limpiando de los miedos. Al soltarlos me sentía ligera y libre, así podría volar. Comencé a salir de esas aguas maravillosas sin prisa, llegué a una estancia transparente iluminada de color azul turquesa y me encontré con unos seres bellísimos que estaban hechos de paz y luz.

Los escuchaba hablar, me decían muchas cosas, me estaban instruyendo, mas no recuerdo todo lo que me decían, pero hablaban sobre la conciencia, sobre despertar y "darme cuenta"; sobre aprender a hablar con la naturaleza de todas las cosas vivas, pues todo estaba vivo, todo tenía sentimiento y una forma de pensamiento, como los seres humanos. Todo poseía amor, pues ésa era la esencia principal que le daba energía a la vida.

Por eso el respeto era primordial, todo se merecía respeto, porque todo cumplía un servicio para la continuidad de la vida. Los seres humanos teníamos que aprender nuevamente a pensar desde el corazón para llenar todos los pensamientos con amor y así, después, ubicarlos en la mente racional y actuar con la luz de la verdad por delante, para iluminarnos el camino que nos falta por andar, para no ir dando tropiezos y cometiendo errores que afectan a otros seres y al universo, y con ello acabar lastimando profundamente nuestra propia alma.

Me decían que la tarea más importante era equilibrarnos, pues todos los seres poseemos el lado femenino y el masculino; que debíamos tener conciencia de ello, "darnos cuenta" de que debíamos hacer uso de esas dos cualidades para tomar decisiones y actuar; que en este momento la humanidad estaba entrando a otro nivel de conciencia, la vibración iba a ser más elevada y encaminada nuevamente hacia la espiritualidad; que el lado femenino es el que se tiene que desarrollar más, pues es muy necesario tener la intuición y la sensibilidad a flor de piel para poder percibir la energía espiritual que nos permitirá dar el salto cuántico del nivel de evolución. Ésa será la única forma de evitar la destrucción masiva de la vida en el planeta Tierra y, entonces, podríamos vivir por fin en paz.

Me daban la bienvenida a su mundo de luz y me regalaban una vasija como de alabastro, llena de luz incandescente, y me decían: "Cuídala y guárdala, después la repartirás".

Desperté, alguien tocaba a la puerta mientras me decía que eran las siete de la mañana, la hora en que había pedido que se me despertara. Agradecí y me quedé un rato en silencio, tratando de grabar en mi memoria lo que había soñado, pues había sido un sueño muy bello, muy lúcido, y sabía que me dejaba un gran mensaje.

Me levanté, salí al balcón y me volví a integrar al paisaje y a mi realidad. Olía a río, a tierra húmeda. Me cobijaba el color verde de la montaña.

Me esforcé para realizar el recorrido de Machu Picchu con conciencia. Ésta era la razón por la cual el chamán Cucho me insistía en que observara todo: mis sentimientos para que captara la energía de este increíble lugar, mis pensamientos para que razonara y entendiera lo que con símbolos me comunicaban. Mantenía la atención puesta en el aquí y en el ahora, en el momento presente, consciente de lo que hacía con mis actitudes corporales, con mi voluntad y mi intención en los actos que realizaba.

La observación es el primer paso que se debe dar en el conocimiento de uno mismo y del mundo en el que vivimos.

Observar nos ubica en la realidad, nos hace darnos cuenta, poner atención en lo que estamos pensando, sintiendo y haciendo. Eso es lo que llamamos *conciencia*.

Todas las enseñanzas se basan en la observación para poder aprender. ¡Atrévete a conocerte¡ Obsérvate, así te vas a dar cuenta de todos tus aciertos y todos tus errores, y vas a dejar de ser víctima involuntaria de las circunstancias.
Vas a aceptar la responsabilidad de tu propia vida.

Guía para entrar a terreno sagrado

A los seres humanos no nos han enseñado a observar, que es como realmente se aprende. Generalmente, cuando aprendemos algo, estamos atentos, nos damos cuenta de lo que estamos haciendo; sobre todo cuando es algo que encierra algún peligro, como cuando de niños aprendemos a andar en bicicleta o cuando nos enseñan a manejar, estamos atentos y somos precavidos. Hay un orden y una disciplina consciente pero, a medida que tenemos seguridad en lo que estamos haciendo, caemos en el hábito, ya somos como pequeños robots que tienen programada su rutina y comenzamos a actuar por costumbre, sin conciencia, y al descuidarnos vienen los accidentes y cometemos errores.

En este libro estamos juntos iniciando un recorrido que nos conducirá a la magia del espíritu. Lo haremos en la forma en que lo hacían los incas, una forma simple, apegada a las enseñanzas de lo que ellos observaban y aprendían de la Madre Tierra, del cielo, de la naturaleza, de los animales y de los ríos, pues todos ellos eran sus grandes maestros.

Nosotros, los individuos que vivimos en el siglo xxi, hemos perdido esa fragancia, esa sencillez y, sobre todo, la armonía interior que se ha quedado sorda por el ruido y la prisa que nos ha heredado la superficialidad excesiva.

Cada paso que des junto conmigo y con el chamán lo tienes que dar con la conciencia despierta, dándote cuenta de que es un recorrido que realizas dentro de ti, que estás pisando un terreno sagrado. Ese terreno está dentro de ti, descálzate al entrar, en silencio y lentamente, para que no lastimes tus sentimientos, sino que con respeto los acaricies y les enseñes cómo volverse fuertes y seguros; que esa sensibilidad maravillosa que es la que te hace vibrar se despierte aún más, para poder captar los mensajes del mundo espiritual que te guiarán y te harán un ser más completo y mejor. Se despertará en ti la cualidad de la bondad, sentirás un profundo amor y respeto por la vida y por tus semejantes.

Ábrete y recibe, escucha y comprende lo que estás leyendo, aplica en tu vida la enseñanza que estás recibiendo, que es la única forma de ir enriqueciendo nuestras vivencias, aprendiendo siempre una lección de ellas, pues es la única vía por la que evoluciona el alma.

Busco un espacio que me guste mucho, en contacto con la naturaleza. Me integro al paisaje, inhalo suavemente gozando del privilegio de llenarme de la vida que me da la misma respiración. Lentamente suelto el aire, me vacío de sentimientos negativos. Repito esto dos veces más y me dejo fluir.

Voy en busca de encuentros con las *mamaconas*, las maestras sabias, y con las *laykakunas*, vírgenes sacerdotisas hiladoras de sueños. Busco encuentros con las vibraciones de la naturaleza. Me abro, soy parte del todo y vibro al unísono con el universo. Mis pies están situados en la Tierra que me sostiene y alimenta, siento amor y respeto por la Madre Tierra que algún día me recibirá, y gozo con su encuentro. Siento su olor y su entrega, sólo sabe dar, me comunica que sólo pide respeto, que ella no se cansa de dar, que por favor la protejamos con amor, pues quiere seguir alimentando a sus hijos, a tantas especies de seres vivos que se alimentan de ella y buscan su cobijo. Pero hay hijos ingratos que la maltratan y ella sufre calladamente. Llega el viento y la acaricia suavemente para consolarla, y el agua fluye sin parar de nutrirla para que siga procreando vida. El fuego del sol le da su luz y su calor para que pueda florecer y se adorne de colores. Y cuando llega la oscura y fría noche, su propio fuego interno la mantiene abrigada para que descanse en el silencio y la soledad.

Comienzo a encontrarme con el sonido, con la canción que canta cada uno de los animales que habitan junto conmigo la Tierra. Es un sonido afinado y misterioso. Yo también quiero saludarlos con mi propia canción, algunos de ellos son mis aliados de poder, les pido que se dejen ver, quiero sentir su presencia, conocerlos para poder invitarlos a compartir conmigo el camino. Muchos de ellos son guardianes de los lugares sagrados pero, para mí, son los sensores para percibir otros encuentros, con personas y lugares. Ellos perciben por medio de su instinto y yo percibo con mi intuición, pero en mí también existen instintos y es por medio de esta sensibilidad como podemos entrar en contacto mutuamente.

Ya me siento parte del mundo natural y me estoy preparando para entender sus enseñanzas. Observo y pongo atención, estoy presente en el instante que estoy viviendo y me enriquezco de su sabiduría simple y pura. Así percibía cuando era niña, pequeña e inocente. Estoy alegre, feliz y con mucha curiosidad, quiero descubrir más, quiero más encuentros.

Inhalo profunda y lentamente. Al ir soltando el aire, regreso a mi propio entorno. Estoy en paz, me doy cuenta de que los encuentros cambian la vida.

5

El camino del desapego

Salí, hacía frío. Había estado lloviendo toda la noche y aún lloviznaba. Crucé la vía del tren y fui a desayunar algo al pequeño restaurante, ahí me iba a encontrar con Cucho. Ordené algo para comer y al poco rato llegó, enseguida nos fuimos rumbo a la parada del autobús, compró los boletos y nos sentamos en los asientos de enfrente.

—¡No sabes qué sueño tan bonito tuve anoche! —le comenté entusiasmada. Cucho me miró sonriendo y me pidió que no se lo contara, sino hasta después, pues prefería esperar a ver qué pasaba hoy en el templo y qué podía percibir él allá arriba, ya que hoy iba a iniciarme en la ceremonia andina.

Durante el trayecto, Cucho me preguntaba sobre las costumbres y rituales de los indígenas de México. Quería saber cuáles eran los lugares arqueológicos más importantes y conocer más sobre la filosofía mexica. Le hablé del dios Tláloc, que era agua y vida; de la leyenda de la Coyolxauhqui, la Luna; de Huitzilopochtli, que era el dios de la guerra y la muerte; de Coatlicue, la diosa de la Tierra; y de Quetzalcóatl, la Serpiente Emplumada que representa la liberación de la materia para volar hacia el espíritu.

—Quetzalcóatl es el que rescató del lugar de la muerte los huesos de los ancestros, de los que habían vivido en otros ciclos anteriores, para que con su polvo se formaran los nuevos seres. Ellos podían transmitir su energía y su conocimiento a la nueva raza.

Cucho me escuchaba en silencio. En su mirada penetrante y profunda pude observar compresión y satisfacción.

—Estamos en el mismo camino, somos hermanos espirituales que nos hemos reunido para apoyarnos y evolucionar en esta búsqueda interior —en esos momentos, la voz de Cucho tomaba un tono más sereno, introspectivo y determinante—. Tenías que venir a Perú y llegar aquí a Machu Picchu para completar una etapa en tu desarrollo. ¡Qué gusto me da que podamos compartir juntos estas horas de encuentro con la Luz Superior de la Sabiduría Divina! Los P'aqo, como nos llamamos los chamanes andinos, nos esforzamos para que continúen con vida nuestras tradiciones y nuestra herencia incaica.

Llegamos a nuestro destino, la puerta del autobús se abrió y bajamos. Seguía nublado, nos apresuramos para ver si encontrábamos los mismos bastones que habíamos usado el día anterior, y sí, ahí estaban escondidos en el rincón en donde los habíamos dejado.

—¡Hoy va a ser un día importante, Lilia! —me dijo Cucho entusiasmado y tajante—. Pon mucha atención, debes estar consciente de todo lo que suceda y trata de descifrar el idioma secreto de lo que acontezca, pues es la forma en que se comunican el mundo espiritual y la naturaleza, sus palabras son los símbolos y los pequeños detalles. Abre bien tus ojos y escucha al viento.

Sus últimas palabras tuvieron un sensible efecto en mí. Cucho me decía que debía escuchar el lenguaje de los elementos y de la naturaleza. Subimos las escaleras y nos sentamos nuevamente en la piedra desde donde veíamos todo el santuario. Juntos pedimos permiso a los *apus* para entrar nuevamente. Sacó unas hojas de coca, las escogimos y las ofrecimos como ofrenda a la Pachamama y al lugar, saludamos a los cuatro rumbos del universo, los cuatro rincones, y meditamos en silencio por un buen rato; sentí una gran paz.

Nos levantamos y comenzamos a bajar por las escaleras de piedra. Sentí que era bienvenida, no podía dejar de gozar el paisaje maravilloso que tenía ante mis ojos. A un lado de la ladera de la montaña, se veían las terrazas en donde la gente cultivaba lo que necesitaba para alimentarse.

Cruzamos la explanada principal y nos dirigimos hacia la zona que me faltaba conocer. Entramos a un espacio semicircular y buscamos unas piedras en donde poder sentarnos, pues Cucho me quería explicar varias cosas.

—Lilia, Machu Picchu era conocido por algunos de los indígenas que vivían en la zona y lo mantenían en secreto. En donde actualmente está construido el hotel, vivían dos campesinos con sus familias, que cultivaban su sustento en las terrazas de la Ciudad Sagrada. Se llamaban Melquíades Ricarte y Anacleto Álvarez Meza. Llevaban viviendo allí ocho años cuando, el 24 de julio de 1911, llegaron a su humilde casa tres hombres que trataban de averiguar en dónde se encontraba una ciudad que, según decían, había sido el último refugio de los incas. Buscaban la histórica Wilkabamba. Uno de los hombres era un norteamericano que se llamaba Hiram Bingham y venía acompañado por un campesino de nombre Melchor Arteaga, y el otro era el sargento Carrasco, quien era su escolta e intérprete.

Estos campesinos eran muy pobres, por lo que hábilmente los recién llegados les ofrecieron dinero a cambio de la información. El hijo de Melquíades Ricarte los guió hasta el santuario. Ese niño humilde y descalzo de 12 años de edad, cubierto por su raído poncho, fue el que guió por primera vez a Bingham a su maravilloso descubrimiento arqueológico. Ese humilde niño cusqueño, quien ni siquiera fue recordado ni nombrado en la placa de bronce que se encuentra en la entrada de la "Ciudad de la Paz", Machu Picchu, fue el que legó al mundo el descubrimiento de este secreto.

Era evidente la tristeza e indignación de Cucho al hablar de la injusticia y la indiferencia histórica que se habían perpetrado contra aquel pequeño muchacho. El crédito se lo había llevado aquel norteamericano que, en realidad, se había limitado a seguir a quien conocía los verdaderos tesoros culturales y espirituales de la región. Yo no pude más que hacerle patente mi descontento con lo que me narraba.

—La palabra *Picchu* parece ser un derivado del verbo *picchar*, que es el acto de "mascar coca" en el dialecto aymara. Te voy a explicar lo que significan las hojas de coca para la cultura andina.

—Gracias por explicarme, Cucho —le respondí con gratitud y alivio—, porque cada vez que las das en ofrenda o mencionas la palabra *coca*, enseguida viene a mí la idea de la droga y me siento incómoda.

—Para nuestro pueblo la hoja de coca tiene un significado mágico religioso, pues no existe ritual ni ceremonia religiosa o social que inicie sin las hojas de coca presentes; recuerda que es considerada una deidad, la Cocamama. En los rituales se comienza quemándola.

"En los escritos que dejaron los conquistadores, en los que relatan sus vivencias con los indígenas, la describen así: 'Dicen que aquel humo sube hasta el cielo y le da olor y esto hacen para pedir vida para ellos y para sus hijos, también para su ganado y para los demás indios, con el fin de que no se mueran pronto'. Así viene escrito en la *Relación de idolatrías* de Huamachuco.

"Para los incas es un código andino, porque 'las hojas les hablan'; las usaban como oráculo de adivinación. Se escoge entre todas una hoja que represente a la persona y se deja aparte, las demás se tiran sobre un aguayo, que es un pedazo de tela.

Se interpreta el mensaje enviado por las hojas desde el mundo espiritual, que se descifra por la forma en que caen. Sirve también como medicina, pues al masticarla les da energía para soportar las caminatas largas que realizan para movilizarse entre las montañas que están a gran altura, y les calma el hambre. La usan también como cataplasma, para lo cual la pulverizan y la aplican sobre las heridas y las llagas, para bajar el hematoma y cicatrizar. También se curan sobándose con ella, para aliviar los dolores, y la usaban para pagar servicios o como trueque.

"El mito dice que la Coca era una hermosa mujer que mataron por ser mala del cuerpo; la partieron por el medio y de allí nació el árbol con sus hojas mágicas. Como puedes apreciar, esta tradición está muy profundamente marcada en el corazón de los indígenas andinos."

—Ahora comprendo el misticismo que encierran las hojas de coca —le respondí convencida—. Desgraciadamente cayó en manos de personas negativas que la utilizaron para procesarla y crear una droga que degrada y embrutece al ser humano, para poder manipular el poder que les produce dinero, sin importarles el gran daño que generan.

—En este momento —me dijo—, estamos en el sureste de la plaza principal. Se le conoce como el Palacio Adoratorio y Oráculo del Nicho Mortuorio y, como puedes ver, es todo un laberinto de cuevas y adoratorios. Es un lugar mágico. Quiero que sientas su vibración, aquí vamos a comenzar nuestro ritual en Machu Picchu.

"Ven, mira —me dijo llamándome con la mano—, aquí en medio de este patio se encuentra esta roca, obsérvala con atención, tiene la forma de las alas de un cóndor en vuelo. Se hicieron construcciones a su alrededor, pero respetaron la roca y aquí, a sus pies, esculpieron la cabeza del cóndor. Ve qué bella es —la mirada de Cucho reflejaba el éxtasis que sentía al contemplarla—, y mira, aquí hay un sumidero, una perforación hecha en el pico del cóndor, por donde vertían la *chicha*, la bebida sagrada de los incas, hecha de maíz fermentado, que le ofrendaban a sus *apus*.

"La bebían en sus rituales mágicos, que realizaban para fertilizar la tierra. Después de fermentarla, la *chicha* caía a una cámara subterránea oscura, pues allí está un recinto que representa la morada de la diosa Tierra, de la Pachamama. En algunas ocasiones sacrificaban las llamas más hermosas, los camélidos típicos de la zona andina y que, según el ritual, eran blancas u oscuras, y su sangre servía como un símbolo de energía de vida. El cóndor para los incas era la energía de vida, la representación del Sol, pues el astro se convertía en cóndor.

"Ven, vamos a ofrendar unas hojitas de coca, para que nos den permiso de pisar su terreno sagrado y poder iniciar el ritual."

Nos sentamos en unas piedras y Cucho escogió las hojas. Las depositamos en el pico y en silencio pedimos permiso. Me pidió que me parara debajo de las alas de piedra y me imaginara volando, protegida por el cóndor. Cerré los ojos y comencé a sentir una sensación de libertad y una gran alegría. Me sentí como cuando era niña: mi alma reía libre, jugando con el viento.

Después me guió hacia dentro de una pequeña cueva que se encontraba en el mismo recinto. Nos sentamos, había muchos turistas que, como yo, admiraban el lugar, pero en ese rincón había tranquilidad. Cucho sacó de su *chuspa* su caracol, una botella de agua florida y unas hermosas plumas de cóndor, y comenzó a hacer sonar el caracol. Con los ojos cerrados me sentía llevar por el melancólico sonido del caracol, era tan auténtico, tan real, tan apegado a la naturaleza del lugar, vibraba tanto en ese lugar, que me sentía parte de él.

Después sentí cómo el olor del agua florida llenaba el espacio, escuché la voz del chamán que recitaba palabras en quechua y al mismo tiempo sentía el aire que producía el movimiento de la pluma de cóndor en mi rostro. Estaba llena de paz y de una emoción muy especial, era una humilde sensación de agradecimiento a Dios por lo que estaba teniendo la oportunidad de vivir. Cuando Cucho terminó su ritual se volvió a sentar y meditamos.

Durante la meditación me sentí transportada en las alas del cóndor, podía saborear la libertad, el silencio en las alturas era indescriptible, sólo el viento podía acompañarlo. Podía ver todo con tanta claridad, percibí mi vida en una dimensión distinta, me "di cuenta" de que uno debe ascender siempre, pues al hacerlo dejamos por debajo de nosotros los problemas que nosotros mismos nos creamos y desde arriba se ven pequeños y tontos porque generalmente son reclamos del ego que se enoja porque no obtuvo la satisfacción deseada. Los miedos se quedan abajo, pues le temen a la libertad, entonces nos deshacemos de sus cadenas y ya nada nos manipula. Aterrizaban mis pensamientos cuando escuché la voz del chamán:

—¡Es hora de continuar nuestro recorrido, amiga mía! —me dijo Cucho, y lentamente salimos de ese lugar tan especial.

Atravesamos nuevamente la plaza y fuimos a distintos lugares que son puntos importantes de energía en el sitio. Me explicó que Machu Picchu estaba rodeado de moradas sepulcrales que para los que allí vivían eran lugares sagrados, por lo que buscaban sitios especiales para proteger las tumbas con los restos humanos.

—Ahora vamos a llegar a un lugar que se conoce como el Templo de las Tres Ventanas, el Tamputoqo. Es una construcción de tres lados y desde cada ventana se pueden ver diferentes aspectos del sitio. Pero lo más importante de este recinto es que en él se ubica el mito del origen de los incas. Cada una de las ventanas tiene un nombre. Una se llama Maras Toco, la otra Sutic Toco y la del medio Capac Toco. De cada una de ellas salieron los precursores de las distintas ramas de los incas.

Estos seres no tuvieron ni madre ni padre, ellos salieron de las ventanas para poblar el mundo andino.

"De la ventana Maras salieron los indios maras, que se fueron a Cusco; de la ventana Sutic salieron los indios llamados tambos, que poblaron el cerro del mismo nombre y algunos llegaron a Cusco. De la ventana mayor, Capac Taco, salieron cuatro hombres y cuatro mujeres que se llamaron hermanos, el que tenía más autoridad era Ayar Manco Capac, le seguían Ayar Auca, Ayar Cachí y Ayar Uchu; de las mujeres, la más anciana era Mama Ocllo y le seguían Mama Huaco, Mama Curi y Mama Raua. Dice la leyenda que el gran dios Viracocha los había criado para ser señores, por lo tanto este templo está cargado de simbolismo y magia."

Después de meditar un rato en ese lugar místico y dar gracias, nos encaminamos hacia el lugar más alto del sitio.

—Ahora vamos al lugar que más impacta, por la energía que contiene y el simbolismo que encierra —me dijo Cucho emocionado—. Es una plataforma ritual en donde las sacerdotisas y los sacerdotes hacían sus ceremonias mágico-religiosas. Es como una pirámide trunca o *ushnu*, que en quechua significa "amarrar el Sol". Se llama Intiwatana porque Bingham así la identificó, aunque, según dicen algunos expertos, careciendo de fundamento histórico.

Comenzamos a ascender por unas terrazas de piedra hasta la parte más alta del recinto, el lugar más elevado del templo. La vista es imponente, la forma de esta especie de escalinata da la impresión de ser el cuerpo de una serpiente con dos cabezas, la cabeza de la parte inferior es el templo principal, y la cabeza superior está donde se encuentra la pirámide trunca *ushnu*, que dicen es el ojo de la serpiente, la cual es un altar para venerar al Sol, a Inti.

—Hay muchas conjeturas acerca de este lugar. Unos alegan que aquí se calculaba el tiempo con un reloj solar y otros hablan de un centro astronómico en donde se observaban los equinoccios o solsticios —me comentó Cucho ante mi asombro.

En ese momento mi pensamiento me transportó a los días en que allí se encontraban los iniciados en la magia sagrada del Sol, consagrando las semillas de maíz que iban a ser sembradas en sus terrazas agrícolas y que servirían como mensajeras de abundancia y bienestar para todo el imperio inca. Las mazorcas de maíz que se cosechaban en Machu Picchu tenían un simbolismo sagrado, ya que un número de ellas eran llevadas al gran Inka y él las llevaba al templo del Sol; ya en Cusco otras eran entregadas a las vírgenes del Sol y las llevaban a otros conventos y templos en todo el imperio para que sirvieran de buen agüero y prosperidad. De esa manera evitaban la corrupción del sustento que el pueblo iba a comer, ya que estas semillas habían sido sembradas y cosechadas en el cielo, que para todos ellos simbolizaba el templo sagrado de Machu Picchu.

Muchos peregrinos llegaban cada año al sitio sagrado, para poder llevarse unas pocas de estas semillas tan especiales, pues se creía que cuando se poseían nunca faltaría el sustento en su casa.

Ante la visión de esta hermosa ceremonia mágico–religiosa y el paisaje subyugante que teníamos a nuestros pies, percibimos las bendiciones que nos llegaban por medio de la luz del sol. Yo me sentía acariciada por él, que me llenaba de energía y flotaba en aquel paisaje cobijada por aquellas inmensas montañas verdes. A esa altura, en donde anidan el cóndor y la fe andina, podía ver el hilo plateado del río que rodeaba aquel lugar sagrado y los profundos acantilados que lo resguardaban, con sus *apus*, los espíritus de las montañas que protegían su *waka*, el lugar sagrado.

Puse sobre la pirámide trunca mi *chakana*, la cruz andina que me había regalado Roberto y que se había convertido en mi compañera de viaje, además de otras que había comprado en Cusco, para conectarlas con la energía de ese maravilloso lugar. Nos sentamos a meditar y, a pesar de que había muchas personas en los terrenos del sitio, como por arte de magia nadie llegó y tuvimos la oportunidad de estar solos, disfrutando del paisaje. Una leve brisa húmeda me regalaba frescura y una paz enorme invadía mi alma. Cucho me dijo que sentía gran tristeza al ver que un pedazo del promontorio del ojo de la serpiente anaconda de Ushnu había sido roto hacía algún tiempo, cuando se le cayó encima un artefacto que estaban usando en una filmación y dañó una de las esquinas de la piedra.

—Siento que es una profanación —me dijo lleno de melancolía—. Pero alguna razón poderosa debe existir en el mundo invisible para que esto haya sucedido.

Recogí mi *chakana*, me la volví a poner, guardé las otras y comenzamos a bajar. Todavía había mucho que hacer. Estaba lloviznando, le neblina se iba haciendo más intensa.

Mi guía y yo caminábamos lentamente hacia el recinto en donde había vivido una importante *ñusta* de Machu Picchu cuyo nombre era Liviacuillay. Cerca de ahí se encontraba el Templo del Sol, un templo semicircular. Cucho me relató lo que allí había ocurrido.

—A este lugar se le llama hoy día la Casa de la Ñusta. Aquí se llevaban a cabo las ceremonias más importantes dirigidas siempre por esta sacerdotisa y, fue en el Templo del Sol en donde tuvo lugar el acontecimiento que marcó el fin del esplendor de Machu Picchu. Una noche en que una terrible tormenta se desató sobre el sitio, un rayo cayó justo sobre el altar del recinto de oro y lo rompió, provocando un gran incendio. Este evento fue tomado como una señal que se interpretó como de mal agüero. Era un mal presagio que anunciaba desgracias y pérdidas para el imperio de los incas. Había que abandonar el templo, pues Inti ya no quería este lugar como su templo.

"El rayo, Illapa, era una deidad temida y respetada, y existía una sacerdotisa, a la que llamaban Liviacuillay, quien hablaba con el rayo, que le transmitía mensajes y le anunciaba la lluvia que traía fertilidad a la Tierra, abundancia y alimentos. Cuando nacían gemelos los llamaban hijos del rayo y los tenían como símbolos mágicos.

"Esa noche fatal había hablado el rayo y ellos debían obedecer. Todos los habitantes de Machu Picchu, con tristeza, comenzaron a prepararse para la partida, recogiendo sus contadas pertenencias y sollozando, pues dejaban su *waka*, sus recuerdos y, sobre todo, se separaban de sus muertos. Imagínate, para un pueblo cuyos ancestros eran el cimiento que sostenía el porqué de su existencia, dejarlos era muy difícil.

"La Casa del Sol, Inti Wasi, debía ser abandonada. La señal recibida debía ser obedecida después de una ceremonia religiosa para Viracocha. Esta ceremonia sirvió de respetuosa despedida para concluir una etapa esplendorosa de poder mágico y social. Éste era un aviso que de algún modo anunciaba la llegada de los conquistadores, que acabarían con su civilización y su dignidad."

Cucho y yo nos quedamos en silencio, podíamos percibir la tristeza de aquel lugar lleno de soledad y añoranza. El sitio nos contagió y ambos nos involucramos de manera atemporal con aquella tragedia.

Recordé la importancia que tenía el rayo también entre los diferentes pueblos indígenas de México. Los tocados por el rayo eran vistos como seres señalados por Tlaloc, fuerza generadora de la lluvia, para ser guardianes de sus lugares sagrados y sus tradiciones. Les llaman "graniceros" y a ellos les son confiados secretos místicos y poderes mágicos, pues han sido coronados por la luz que viene del cielo.

En ese momento recordé el día en que a mí me cayó un rayo en el automóvil, cuando conducía bajo una terrible tormenta. La impresión que me causó aquella luz imponente y el trueno majestuoso del rayo me dejó paralizada, sin saber qué hacer; la antena del auto salió disparada a gran distancia y a todo ese lado del coche se le quemó la pintura. Qué extraño que, estando allí en ese momento, recordara este episodio de mi vida que tenía olvidado.

Ahí estaba yo, dentro de aquel recinto tan sagrado para los pobladores de ese lugar, 500 años atrás, en esa noche triste en la que debían poner a prueba su desapego a todos aquellos bienes materiales, sus querencias y vivencias, para obedecer los designios que el mundo de sus dioses les estaba indicando. En silencio respetuoso pude apreciar su sacrificio. Cucho, con voz suave, me sacó de mi ensueño y me dijo:

—Estabas muy lejos con tus pensamientos, Lilia. Veo que pudiste percibir el dolor que se vivió aquella noche de despedidas y desapegos, pues para los incas fue la época en la cual tuvieron que entender que su mundo ya era otro, que la llegada de los conquistadores iba a acabar con su dignidad, que iba a ser muy maltratada, y además su libertad como pueblo iba a ser encadenada y explotada para saciar la ambición de riqueza y poder de otra raza que ellos desconocían y que les traería muchos sufrimientos y humillaciones.

Con voz aleccionadora y reflexiva, Cucho añadió:

—Lilia, éstas son etapas de dolor que todos los seres humanos vivimos para poder evolucionar, para acercarnos a nuestro espíritu, lo que, por desgracia, muchas veces nos llega por medio del sufrimiento.

En ese momento comprendí que una de las lecciones más importantes que venimos a aprender al mundo de la materia es el desapego.

La intuición es un puente que une al ser humano con su alma. Yo permití que mi intuición me guiara.

En la intuición no puede intervenir la razón, pues no se puede explicar, el intelecto la siente pero no la puede razonar ni catalogar. Ocurre de repente, sin aviso, y se siente la necesidad de poner atención a ese sentimiento, a ese llamado, que viene como un mensaje del mundo del espíritu.

El intelecto dice: "Está ocurriendo algo que está más allá de mí", e intenta razonarlo pero no puede. Muchas veces lo rechaza, lo niega y lo paraliza, y continúa en su mundo del "no puede ser". Se empeña en que no es comprobable y, por lo tanto, no existe, y le quita al ser el privilegio maravilloso de crear milagros, lo aleja de la fe en el bien y de la magia que vive en el espíritu.

La vida es emocionante porque nadie puede saber qué va a vivir en el próximo instante. Vivimos inmersos en el misterio que encierra cada momento, de lo contrario nuestras vidas serían muy aburridas.

Los secretos que encierra el espíritu nos son revelados por medio de la intuición y algunas veces en los sueños.

Date permiso, ábrele las puertas a tu ser interior para que pueda expresarse a través de la intuición. No te prives de la belleza de la sensibilidad. Tu vida cobrará un sentido nuevo, podrás penetrar en el misterio de ese mundo desconocido del espíritu, de la creatividad, del arte, que te enseñará a vivir plenamente disfrutando el privilegio de vibrar al unísono con el universo y con la naturaleza.

¡Atrévete, déjate ser, vuélvete mágico, acércate a Dios!

Estamos tú y yo juntos pisando terreno sagrado, nos damos permiso para percibir, nos abrimos a la intuición, no existe la casualidad. Estás leyendo este libro por una razón, que posiblemente desconoces, pero hay un mensaje oculto para ti en él. Date la oportunidad de averiguar *para qué* llegó a tus manos. Caminamos juntos tú, yo y Cucho; estamos siendo guiados por los *apus* en cada paso que damos sobre el santuario, vamos viviendo con ellos la historia y la magia de Machu Picchu.

Hemos pedido permiso a la Pachamama, a la Madre Tierra, para entrar en uno de sus recintos sagrados que existen sobre el planeta. Con humildad pedimos su aprobación, su permiso para iniciar el camino hacia el mundo espiritual de los incas; estamos aprendiendo a agradecer sus favores de una forma distinta, regalándole las hojas de la Cocamama. Hemos entrado en contacto con los *apus* y con los *wankas*, que nos han concedido entrar en comunicación con las *wakas*, seres o cosas sagradas, y las *mamaconas*, las madres maestras de las *laykakunas*, las vírgenes y las sacerdotisas del lugar, para que nos transmitan sus conocimientos.

Hemos pisado el territorio de la energía femenina para que su principal cualidad, que es la intuición, despierte conscientemente en cada uno de nosotros, hombres y mujeres, y así poder movernos con más facilidad en el mundo del espíritu y convertirnos en instrumentos del bien en la Tierra.

En cada pequeño rincón recorrido hay una enseñanza oculta que debemos descubrir; en cada sueño, en el lago azul turquesa con los Maestros de la Luz, en cada sonido, en cada caricia del viento, en las alas del cóndor que nos llevó a volar, en la historia de la cosmovisión andina en donde el Sol, Inti, es la figura primordial. En todo lo que estamos viviendo hay un mensaje dirigido a ti. Por favor, entiéndelo. Te servirá para tu despertar.

Una de las lecciones más importantes que estamos recibiendo de las vivencias presentes en este lugar es la del desapego. Debemos darnos cuenta de que nada es para siempre. Pudimos percibir el dolor que los incas padecieron al tener que dejar ir toda su civilización, sus lugares sagrados, sus rituales, sus muertos, sus amores y su dignidad, que fue pisoteada y herida de muerte por los españoles. La invasión y la destrucción fueron anunciadas por la caída de un rayo Illapa, ese gran poder del rayo que asusta, asombra, destruye y despierta a las conciencias dormidas. Éstas, por desgracia, casi siempre despiertan por medio del dolor y el sufrimiento, ya que no hicieron el esfuerzo de despertar por medio del crecimiento interior, de ese encuentro que se da cuando nos descubrimos como almas y le prestamos finalmente atención al espíritu, para poder evolucionar.

Todo lo que vivimos con conciencia se vuelve una hermosa meditación que nos acerca a Dios.

MEDITACIÓN

Me siento y me imagino que estoy sobre una gran piedra desde donde puedo ver, a mis pies, la ciudad sagrada de Machu Picchu. El verde esmeralda de la vegetación que cubre todo el paisaje me abraza junto con las montañas que me cobijan y me invitan a sumergirme en el tiempo.

Inhalo suavemente y me lleno de su esencia. Dejo salir el aire liberando inhibiciones y dudas. Repito dos veces más las respiraciones. Estoy abriendo mis sentidos, quiero recibir todos los mensajes que me trae el viento. Comienzo a descender las escalinatas de piedra que me conducen al recinto sagrado.

Mis pies van acariciando con respeto la historia que se encuentra grabada en esas piedras, cada recinto me cuenta una leyenda y me impregna de su vibración. Se aproximan a mí muchas almas que desean comunicarme su mágico sentimiento, su ritual ancestral.

Las *mamaconas* me transmiten en susurros su sabiduría, las jóvenes vírgenes me hacen sentir su callada aceptación triste y obediente, pues consideraban un privilegio ser preparadas para cumplir con su misión en los deberes sagrados. Con su dulce guía continúo mi camino, me deslizo como ráfaga de viento por los recovecos y pasadizos que se comunican entre sí, que me llevan al lugar más alto del templo natural que es Machu Picchu, y llego a una construcción semidestruida en la cual quedan sólo tres ventanas.

Me lleno de admiración porque de cada una de ellas salen diferentes personajes. Son seres altos y majestuosos, son personajes incas, hombres y mujeres que portan penachos de plumajes diferentes, adornados con oro y envueltos en una tenue neblina de misterio y romanticismo. Se acercan a mí y van depositando en el cofre de mi alma sus memorias que con tanto orgullo guardan celosamente para que no las borre el olvido.

Siento la plenitud del que aprende y espera con ansia poder aplicar lo aprendido, mientras me transportan a un templete de piedra *ushnu* que mira abiertamente al cielo para recibir los rayos del sol. Escucho sus voces que me dicen: "Déjate inundar de sol", y siento cómo me lleno de calor de vida. Golpeo mis manos, las froto y abro mis brazos para acoger en mí la luz, y me lleno de ella para poder iluminar mis rincones oscuros.

Desde esta pirámide trunca que es el lugar más alto de la ciudad, veo el imponente paisaje; es subyugante. Se ven los farallones del cañón que caen abruptamente y van a acabar en el serpenteante río que rodea por tres lados al santuario. Desde aquí arriba el río es sólo una delgada línea plateada en el fondo del abismo. Las majestuosas montañas completan este cuadro de belleza indescriptible.

Estoy feliz, comparto mi paz sobre el mundo entero y crece en mí un sentimiento profundo de amor.

A lo lejos escucho el sonido de un caracol que despide al sol y me deslizo en su melodioso canto para regresar con sutileza a mi espacio y a mi tiempo.

Inhalo profundamente, abro los ojos y doy gracias a Dios.

6

Asombro

Nos pusimos en marcha hacia Amauta, en donde el chamán me iba a iniciar en el camino espiritual de los incas.

Llegamos a una pequeña explanada que se encuentra debajo de uno de los templos, es una cueva natural abierta y con gran amplitud, justo frente a la montaña de San Gabriel, que Cucho llama la Montaña de Cristal. La neblina era tan espesa que no se podía ver nada, sólo lo que estaba muy próximo a nosotros. Tenía la impresión de que estaba flotando sobre la nada. Una llovizna fría nos mojaba.

Comenzó a sacar lo que necesitaba para la ceremonia, como un pequeño sahumador. Encendió unos pedazos de una madera especial, la que, después de prenderla, apagó para hacer uso del humo que de aquella madera se desprendía, y su olor se mezcló con ese olor a tierra mojada que me gusta tanto. Nos sentamos sobre unas piedras e iniciamos una meditación. Me sentía protegida por aquella cueva abierta. Estuvimos un largo tiempo meditando en silencio, ausentes del ruido de la vida, percibiendo y recibiendo paz. Cucho sacó su *chuspa* con las hojas de coca y comenzó a escoger las que iba a ofrecer a la Pachamama; me pidió que yo eligiera las mías, indicándome que buscara las más bonitas para que iniciáramos mi presentación a la montaña.

Se levantó y se dirigió hacia una piedra que estaba volada sobre el precipicio frente a nosotros y se fue a parar justo en donde terminaba; yo sentí miedo de que se fuera a caer. Era impresionante verlo flotando entre aquella neblina. Comenzó a pronunciar palabras en quechua, a pedir permiso a los *apus*, que son las montañas, y vi cómo arrojaba al vacío sus hojas de coca. Al terminar, lentamente regresó a mi lado y me dijo:

—Ahora tienes que ir tú, lleva tus hojitas y haz tu ofrenda. Preséntate y pide permiso a la Pachamama y a los *apus,* para que te dejen penetrar en su mundo espiritual y te acepten y te entreguen su mensaje sobre aquello que ellos pueden ver en ti, para que completes tu misión de vida. Si eres la indicada para la misión, ellos te darán señales.

Insegura, me levanté y caminé lentamente hacia la piedra. No me atreví a pararme como lo había hecho él, me quedé parada sobre la tierra pues, aunque no veía el precipicio por la neblina, sabía que estaba ahí. La llovizna me mojaba la cara y en aquel silencio comencé a orar en voz alta, dándole gracias a Dios por el privilegio de estar viviendo algo tan bello, y le pedí su bendición, porque sentía que al acercarme a la naturaleza y presentarle mis respetos era agradecerle a Él, quien sólo pudo haber creado tanta belleza, pues Dios es visible por medio de sus obras, que son el universo entero. En ese mágico momento estaba en contacto directo con Él.

Tomé las hojas de coca, las lancé hacia el vacío y comencé a saludar y a pedir permiso a la Pachamama, a los *apus* y a las montañas para poder participar de su energía y que me permitieran adentrarme en las antiguas tradiciones rituales de esa tierra inca. Pedí su consejo y solicité que me permitieran entrar a la sabiduría que estaba encerrada en las entrañas de sus montañas, fue una comunicación larga que surgía desde mi alma para unirme con la naturaleza. No recuerdo bien las palabras que yo pronunciaba, pues no eran pensadas, eran expresiones que salían suavemente de mi sentimiento.

Escuchaba atrás de mí el cántico que Cucho entonaba y percibía un perfume agradable, pero me sentí ajena a todo lo que pasaba a mi alrededor, pues toda mi atención y mi intención estaban enfocadas en la montaña.

De repente, la neblina espesa se abrió enfrente de mí y pude ver cómo emergía la montaña. No lo podía creer, la emoción me invadía, la montaña me estaba recibiendo. Los ojos se me llenaron de lágrimas y empecé a llorar, sentí que la naturaleza me daba la bienvenida a su mundo y le llamé a Cucho. Le dije que no era posible lo que estaba pasando, yo no podía despegar la vista de la montaña, la neblina continuaba espesa alrededor del resto del paisaje, pero se había abierto una especie de túnel que me permitía ver solamente la montaña.

Cucho me pidió que continuara mi comunicación, mientras yo podía sentir que él desde lejos proseguía con su ritual. Entonces pedí que me indicaran en dónde estaba la puerta que llevaba hacia el interior de la Montaña de Cristal y, en ese preciso momento, un suave rayo de sol iluminó un delgado caminito que ascendía hasta una mancha terrosa en lo alto de la montaña. Sentí una alegría enorme, me di cuenta, estaba consciente de todo lo que sucedía, me respondía la naturaleza, sentía que el viento me susurraba secretos con palabras mudas, el agua de la lluvia me bautizaba, el olor de la tierra mojada me recordaba mi realidad y el rayo de sol era el fuego.

Me llenaba de una energía apacible y plena de armonía. Me sentía llena de admiración y curiosidad, un sabor de inocencia, creía en la magia que estaba viviendo.

Percibí la gran sabiduría que se encuentra encerrada en las entrañas del planeta Tierra, el mensaje era muy parecido al sueño que había tenido. No sé cuánto tiempo pasó porque me sentí transportada a otra dimensión mental en donde reinaba la paz y el silencio, en donde todo era transparente y puro. En ese momento recordé mi sueño: ésta era la puerta llena de luz que se abría y por la cual los maestros me invitaban a entrar.

Cucho se acercó a mí y me dijo que había recibido un mensaje para mí:

—Lilia, dicen que tu camino para ascender a la montaña es la vereda de la iluminación, es el del aprendizaje por medio de la luz, y esa sabiduría es del color amarillo. Dicen que ése es tu color, que debes comunicar esa sabiduría a tus semejantes para que se den cuenta de que deben despertar a la conciencia. Dicen que eres maestra de la luz y eres guardadora de luz, que ése es tu servicio, que las maestras y los maestros nos regalan el arco iris a la humanidad para que todos vayamos escogiendo el color que nos hace falta, junto con la virtud que le corresponde, para poder lograr algún día tener todos los colores y las virtudes del arco iris juntos, mezclarlos y así llegar a fundirnos en el blanco que es la luz.

Yo escuchaba sin atreverme a preguntar nada, poco a poco el túnel que se había formado entre la niebla se comenzó a esfumar y volvió a cerrarse, quedando todo envuelto en la neblina.

Me senté en la piedra, estaba emocionadísima, me costaba aterrizar en la realidad. Llegué a pensar que se trataba de un ensueño que yo había creado, pero Cucho me respondió que todo lo que había pasado era verdadero y real. Él también estaba emocionado con esa experiencia maravillosa. Nos sentamos nuevamente en las piedras.

Sacó un puñado de hojas de coca y las tiró sobre un pañuelo que había tendido en el piso y se puso a observar la posición en que se encontraban. Entonces me dijo lo que veía en mi vida y me volvió a decir que estaba en el camino correcto, que me cuidara, pues tenía mucho que hacer, que escribiera mis vivencias, que me fijara en los signos, en lo que me decían mis sueños, que me observara y me conociera para poder llenar de luz mi lado de sombra, en donde se esconde el temor, la cadena con la que nuestro ego terrenal se protege y no nos permite actuar correctamente, ya que siempre nos limita por medio de la suposición y la duda.

En ese momento me vino un pensamiento que me decía: "Sé espontánea y fresca, porque cuando más piensas menos libre eres, pues el ego te domina y no permite que Dios suceda en tu existencia".

Cucho continuó diciéndome que yo, siendo Guardadora de Luz, debía estar siempre atenta aprendiendo de la esencia de la sabiduría, que el camino es estar en armonía con la naturaleza y con el ritmo del universo, y con mi antena de intuición despierta y dispuesta a servir como instrumento por medio de la creatividad, meditando para cultivar armonía en mis pensamientos, sentimientos y actos, para así poder transmitir amor y paz a mis semejantes.

—A los ángeles los identificamos con las nubes —me dijo con un tono de voz que me conmovía y me hacía concentrarme en sus palabras—. Ellos, los *warpas,* junto con los *apus,* que son los espíritus de las montañas, cuidan y guardan los secretos de este templo que es Machu Picchu, y los *p'aqo,* es decir los chamanes andinos, nos esforzamos para que continúen con vida nuestras tradiciones y nuestra herencia incaica. Lo ves, Lilia, de alguna forma hacemos lo mismo: yo sirvo con mis *warpas* y *apus,* atraigo la energía de la magia a mi propio mundo, y tú lo haces con tus ángeles.

Yo experimentaba una emoción profunda por todo lo que estaba viviendo y me sentí llena de admiración y alegría, pues estaba descubriendo un mundo lleno de secretos mágicos y seres místicos que me estaban enseñando la gran sabiduría de la naturaleza, nuestra gran maestra. Entonces le relaté el sueño que había tenido la noche anterior, sonrió y me dijo impresionado:

—¡El sueño que tuviste es muy parecido a lo que yo he visto en mis meditaciones!

Comenzó a recoger sus hojas y las guardó, juntó todas sus cosas mientras yo me despedía de ese lugar dando las gracias a Dios por la vivencia tan profunda que había tenido y en silencio ascendimos para poder dirigirnos a la salida del lugar sagrado. Continuaba lloviendo, debíamos apresurarnos para no perder el autobús que nos llevaría de regreso al pueblo, era el último.

Antes de partir me quedé parada en la parte más alta de la escalera, para despedirme de Machu Picchu. Me llené los ojos de ese paisaje maravilloso y traté de impregnarme de las vibraciones y energías de ese templo que es Machu Picchu.

APRENDIZAJE: EQUILIBRIO

Después de todo lo vivido tuve que equilibrar mis sentimientos.

Lograr el equilibrio interior te convierte en un ser armonioso, en un ser capaz de ser justo, porque aprendes a respetar tu dualidad, tu lado de la razón y tu lado de la emoción, tu lado femenino y tu lado masculino, tu lado positivo y tu lado negativo.

Un ser equilibrado deja de ser egoísta, pues no se deja llevar por sus excesos, no demanda todo para sí mismo y es capaz de compartir.

Un ser equilibrado se siente libre, porque no permite que lo manipulen ni el lado de la razón, ni el lado de la emoción. Se ubica en el centro y desde ahí toma decisiones: ahora es tiempo de reír o es tiempo de pensar; es tiempo de bailar o es tiempo de trabajar; es tiempo de hablar y comunicar o es tiempo de buscar silencio.

Equilibrarse es acomodarse a gusto en un lugar, sin sentirse ladeado.

GUÍA PARA APLICAR LA MAGIA DE LA NATURALEZA

Cuando uno tiene el privilegio de participar en un ritual en el cual se abre el alma para captar los mensajes que nos comunica el espíritu que vive en todo lo que genera vida, sucede algo que nos hace vibrar en forma distinta, nos volvemos humildes y nos sentimos parte del todo. Nos dejamos fluir, nos dejamos guiar, y una emoción real y profunda nos abraza; el sentimiento de admiración nos pone atentos y como esponjas tratamos de absorber intensamente cada detalle de lo que estamos viviendo en ese intenso momento de "estar conscientes". Si tuviésemos la capacidad de vivir diariamente instantes así, seríamos los mejores alumnos de la vida.

Todos tenemos la posibilidad de encontrar espacios de claridad mental, todos podemos encontrar Montañas de Cristal, pero debemos estar atentos y ser reverentes con los instantes mágicos que nos regala el estar conscientes.

La neblina es la que no nos permite ver con claridad nuestra realidad. Es la neblina la que crea el ego envidioso y los miedos que también explota el ego para tenernos atados, indecisos y negativos. La única forma de disipar la neblina es soplando desde nuestro interior y alejando el pensamiento conformista de que lo que sucede está fuera de nuestro control. Tal pensamiento no nos deja aceptar la responsabilidad de que todo lo que vivimos es creado por nosotros mismos, que de alguna forma nos ponemos en el lugar y en el momento preciso para crearnos cada vivencia. El día que comprendamos esto, dejamos de culpar.

Ese día en la montaña fue para mí como un bautismo. La tenue lluvia me limpió de dudas y errores, la naturaleza fue la sacerdotisa que me inició, el viento disipó la neblina que no me permitía ver la entrada a la Montaña de Cristal que está en mi interior, allí en donde mi conciencia crística reside. Un rayo de sol me iluminó el camino hacia mí misma, y en ese lugar los Maestros de Luz me entregaron la luz en mi vasija de alabastro, que es mi propia alma.

Tú, que estás leyendo este relato, estás viviendo también este instante de despertar de la conciencia. Búscalo cada día en tu existencia, no dejes ir la posibilidad de encontrar armonía, equilibrio y paz en tu vida; sólo de ti depende, es un camino espiritual y mágico que sólo tú puedes recorrer. Nadie lo puede hacer por ti. Aprovecha tu maravilloso tiempo de vida, porque nadie sabe cuándo nuestro reloj de arena va a terminar de cernir sus granitos de vida.

Todos los *apus* y *warpas* que viven en la naturaleza están cerca de nosotros instruyéndonos y guiándonos, pero no pueden hacer más por respeto a nuestro libre albedrío. Quienes debemos actuar y aplicar lo que hemos recibido de enseñanza somos nosotros mismos, para así crearnos un paraíso terrenal en nuestras propias vidas.

MEDITACIÓN

Me estoy preparando para entrar a un tiempo mágico. Centro mi atención dentro de mi propio ser y me dispongo a subirme en las alas del cóndor que me va a transportar a un pico muy alto de los Andes para que viva un instante de conciencia.

Inhalo el aire, me lleno del sabor de los sueños, y lo suelto dejando ir por un corto tiempo mi mundo material.

El vuelo en las alas del cóndor es placentero, desde lo alto veo mis costumbres y hábitos que se quedan sin movimiento, porque al abandonarlos ya no tienen energía y su memoria se duerme. Me siento libre y ágil, pues me he desprendido de mi cuerpo.

Llego a una ciudad en ruinas, cincelada en la montaña. Es Machu Picchu, descansando en el silencio. El cóndor me deposita en la ladera de la montaña y escucho voces lejanas que me dan la bienvenida. El sonido del viento va revoloteando entre las montañas y me saluda.

La paz inunda mi alma, escucho una voz apacible y dulce que me dice:

—Soy la Pachamama y te acojo en mi regazo. Soy el sustento de los seres humanos, quienes se apoyan en mí y me caminan, me surcan y me siembran para obtener su otro sustento, el alimento, y yo les comparto mis frutos. Me adorno con flores y con plantas y con árboles para embellecer su mundo, y no me canso de dar, pues ése es mi mayor placer. Pero con tristeza me doy cuenta de que ni siquiera aprecian mi esfuerzo de dar; sólo toman de mí sin conciencia y me llenan de basura, destruyen mis bosques y envenenan los ríos, los lagos y los mares, no conocen el respeto. Han perdido la delicadeza de la sensibilidad y la gran mayoría pasa su tiempo de vida como autómatas.

"Estoy herida. En tiempos antiguos me reverenciaban, me apreciaban y me agradecían el sustento, hacían rituales llenos de símbolos, me cantaban, me bailaban, me regalaban su amor con sencillez e inocencia y, sobre todo, respetaban mis ciclos. Me ayudaban a descansar y me permitían regenerarme para volver a prodigar mi abundancia.

"Hoy se han quedado dormidos e hipnotizados por los bienes materiales y el poder. Se han perdido en el laberinto del ruido y caminan siempre con prisa, sólo para llegar adelantados a su muerte.

"¡A dónde van a ir a dar con esa inconsciencia a cuestas!"

Al escuchar su triste mensaje las lágrimas se escapan de mis ojos. Le pido perdón por todos nosotros, le ruego que comprenda que algunos hemos comenzado a despertar y que nuestra intención es ser despertadores de conciencia para que el planeta Tierra se convierta en la Tierra Prometida, en donde el amor y el respeto mutuo acaben por vencer al egoísmo y a la soberbia.

Escucho un suspiro profundo que viene del corazón de la Pachamama. Una llovizna fina me bendice y me bautiza, y sólo repito gracias, gracias, gracias muchas veces.

El cóndor me vuelve a recoger con sus alas y me deposita suavemente en mi espacio y tiempo.

Inhalo suavemente y dejo salir mi paz.

7

Los regalos

En el trayecto de regreso, Cucho me contó sobre sus sueños y su vida en Machu Picchu, y cuando llegamos me acompañó al pequeño restaurante que estaba a un lado de la vía del tren, frente al hotel, y me dijo que me iba a mandar unos regalos que me quería dar y que tenía en su casa. Los iba a mandar con la persona que me iba a acompañar al tren la mañana siguiente. Era un regalo para una chamana de ángeles y luz, de un chamán de la tradición de los incas.

Había llegado el momento de despedirnos. Esta aventura había sido determinante en mi vida y pude percibir que también en la vida de Cucho, aquel hombre físicamente pequeño pero con un poder espiritual de dimensiones colosales. Nos despedimos con la sensación de que éramos dos viejos amigos que se volverían a encontrar en un espacio de tiempo mágico, allá, en un rincón de los Andes: en Machu Picchu.

Temprano por la mañana, Isabel me acompañó a la estación de tren y llegó con mis regalos: una pluma blanca de cóndor y una piedra delgada, lisa y brillante, de color verde. Era el mismo tipo de piedra con la que estaba hecha mi *chakana*, la cruz andina que me habían regalado Roberto y Lucía en Buenos Aires, esa cruz que había sido mi compañera de viaje, testigo y partícipe de cada una de las etapas de esta iniciación. Entonces me di cuenta de que eran piedras semejantes que sólo se consiguen en el área del sagrado lago Titicaca, en Tiahuanaco, el lugar en donde la raza de los incas nació, en donde se inicia la simiente del gran imperio de los incas. En ese momento se me reveló lo sucedido. Roberto sabía que aquella piedra me acompañaría toda mi vida, como un recordatorio de lo vivido, como vestigio de aquel viaje iniciático que me había regalado una nueva misión. En una nota escrita por Juan de Dios decía:

Ésta es tu piedra, frótala en toda tu piel para que la hagas tuya. Ella te purifica, te limpia de las energías negativas y te cubre con la protección de las montañas; cuídala y tenla cerca de ti. La pluma blanca de cóndor es como si fuera una pluma de un cóndor ángel, que será tu aliado de poder en el mundo invisible, para que también te guíe en el camino de tu servicio.

Tu hermano Inca, CUCHO

El regalo me encantó y me sentí muy honrada por el privilegio y por el simbolismo que contenía para mí. Era un recordatorio místico que me acompañaría siempre. Yo le mandé un angelito de plata que lleva consigo una esfera de purificación.

Cucho le indicó a Isabel que me dijera que en Cusco fuera a ver a un ser muy especial, al que le gustaría mucho que yo conociera. Se llamaba Mauro, tenía una tienda de antigüedades y objetos indígenas. Me pedía que lo encontrara y le dijera que yo era su amiga; que no dejara de ir, porque era un maestro. Me dio la dirección.

8

... Y los sueños

El viaje de regreso se me hizo más corto, tal vez porque venía acompañada por esa dulce nostalgia que traen los recuerdos de una vivencia profunda y mística para el alma.

Llegué a la estación de Cusco y de inmediato fui al hotel a dejar mis cosas y así poder llegar a la tienda de Mauro antes de que cerrara. Me dirigí a la dirección que me habían indicado y llegué justo a tiempo, pues todavía estaba abierta. Entré, era una casa llena de antigüedades, muebles, tapetes tejidos por los indígenas, figuras de piedra, telas bordadas a mano y una cantidad enorme de adornos y utensilios del Perú. Me dirigí al mostrador en donde estaba una señora entretenida en arreglar unas cosas en la vitrina; me miró y me saludó con una sonrisa. Cuando le pregunté por Mauro llamó a un señor que se encontraba sentado en una silla con un cuaderno en las manos. Era un indígena de figura pequeña, llevaba puesto un poncho de lana y un gorro tejido que llaman *chullo*. Se me quedó mirando con sus ojos pequeños y llenos de vida y comenzó a reírse como se ríe un niño cuando algo le produce alegría. Se levantó de la silla y me dio un largo abrazo, después me tomó de las manos y me dijo:

—Hermanita, ya llegaste. Anoche soñé contigo y en mi sueño me anunciaron que venías, no sabes el gusto que me da conocerte, pues te vi rodeada de ángeles —el tono de su conversación era amigable y casi festivo—. Mira, te voy a leer el sueño que tuve anoche contigo, porque yo siempre escribo mis sueños.

Abrió el cuaderno y buscó la hoja en la que había escrito su sueño y empezó a leerlo.

—Soñé que una mujer de pelo amarillo entraba a la tienda con una gran sonrisa y me venía a saludar. Me ponía contento porque la sentía como si fuera una amiga de hacía muchos años, nos abrazábamos riendo felices y comenzábamos a conversar sobre muchas cosas profundas. Nos sentábamos enfrente de una mesa y, en eso, llegaba una mujer anciana, era una *mamacona* que poseía mucho poder de amor. Estaba vestida con una ropa blanca y algo cubría su cabeza. Con autoridad me decía que debía subir a Machu Picchu a enterrar un cristal de amatista en el lugar sagrado para pedir por la paz de mundo, y me decía que cuidara a la mujer de pelo amarillo rodeada de ángeles.

Mauro acabó de leer su sueño y comenzó a reírse lleno de alegría. Reía como un niño, con sencillez, mostrando la frescura en su alma.

—Hermanita —me dijo—, como verás me tengo que ir a Machu Picchu mañana tempranito, porque debo obedecer las órdenes de la *mamacona*. Ella es una persona muy especial y muy buena; no sé quién es, pero siento un gran respeto por ella y se ve que te quiere mucho y te cuida.

Yo sí sabía quién era y estaba muda por la emoción.

Continuamos conversando, me habló de las tradiciones y el orgullo que tenía de tener en sus venas sangre de los incas. Me presentó a su familia, a su esposa, sus hijos y me enseñó muchos objetos antiquísimos provenientes de las diferentes zonas indígenas del Perú, que eran parte de su colección personal.

Yo sentía que todo lo que yo estaba viviendo en esa tienda tan especial y el mensaje que Mauro me estaba dando eran como el cierre mágico de mi viaje.

Había soñado conmigo antes de conocerme y me di cuenta de que la *mamacona* que él describía era la madre Teresa de Calcuta, por quien siento una gran admiración y un gran amor, ya que tuve el honor y el privilegio de conocerla en México y convivir con ella muy de cerca, pues me invitó a acompañarla durante días enteros en todos los viajes que realizó en mi país. Ella con su amor y su bondad cambió mi visión de la vida; considero ese encuentro como el causante de que el velo de egoísmo que cubría mi alma cayera de repente.

Por eso, al escuchar a Mauro hablarme de la *mamacona* que poseía mucho poder de amor, me di cuenta de que mi viaje había sido guiado correctamente y con la intención de ayudarme a despertar a una nueva forma de conciencia colectiva.

Estaba algo cansada, por lo que la esposa de Mauro me dijo que me iba a sobar la espalda, pues sabía que me dolía mucho. Me hizo subir a su casa e insistió en que permitiera que me curara. Accedí, pues ella me quería regalar su amistad.

Llamó a sus tres hijitos, nos sentamos en el suelo sobre unas alfombras antiguas y sacó una bolsa con hojas de coca y me dijo:

—Todos vamos a "pichar" las hojas, eso quiere decir masticarlas para poder sobarte con ellas. Mañana vas a amanecer como nueva y vas a dormir toda la noche con la curación.

Los niñitos, ella y yo comenzamos a masticar las hojas. Yo tenía temor de masticarlas, pero todos se rieron, los niños me decían que no pasaba nada y masticaban las hojas apurados para juntar la cantidad necesaria. Yo masticaba porque me daba vergüenza no ayudarlos.

Cuando ya hubo lo suficiente se levantaron y se fueron a jugar. Flor me hizo acostarme boca abajo y me comenzó a sobar la espalda con alcohol y hojas de coca. Las manos de aquella mujer encontraban instintivamente los puntos que requerían sanación, sobaba con fuerza pero otorgando alivio a mis dolores musculares. En silencio, Flor iba deshaciendo los nudos que el esfuerzo de caminar tanto había generado en mí.

Dejó las hojas puestas como cataplasmas, me puso periódico encima y me volví a poner mi camiseta; me sentía como un muñeco relleno de hojas. Yo también me reía, junto con todos aquellos seres buenos. Sentí un alivio casi de inmediato, me cubrí muy bien con un poncho que me prestaron para que no me enfriara y me despedí con gran cariño de esa familia indígena. Los iluminaba su esencia sencilla, llena de inocencia y amor.

Me fui caminando hasta mi hotel, que estaba cerca. Ya era de noche y subí a mi habitación rápido, pues sentía que olía a hierbas. Me cambié y me acosté envuelta en periódico y con mi cataplasma de hojas. Enseguida me quedé dormida y soñé que estaba nuevamente allá arriba en Machu Picchu y volvía a estar en contacto con los seres que habitaban en el sitio. Eran altos, esbeltos y ágiles, vivían en paz, la gran mayoría eran mujeres, en su mirada se podía apreciar una voluntad férrea y su magnetismo penetraba sobre todos los seres vivos e incluso en ocasiones ejercían su poder sobre los elementos, para ayudarse así a construir su realidad material.

Su oído podía escuchar hasta el sonido armónico del universo. Escuchaban cómo cantaban las plantas, sabían lo que sentían los animales para poder domarlos y educarlos, hasta sabían imitar su comportamiento y sus movimientos. Observaban e imitaban a la serpiente, al puma y al cóndor, que eran sus animales sagrados, y a las llamas, que eran sus compañeras domesticadas para ayudarse en las muchas actividades de su vida diaria.

Tenían una memoria clara, podían recordar con facilidad hasta los menores detalles. Por lo tanto, su intelecto crecía día a día, pues registraba todo lo que sucedía para aprender de todo; sus instintos respondían de inmediato y su intuición estaba a flor de piel y era la que los guiaba. Vivían en el presente, atentos a todo, y se esforzaban por entender y descifrar los símbolos y señales que percibían del mundo espiritual y obedecían sus órdenes.

Yo los observaba en silencio y vibraba con ellos en esa armonía en la que vivían y me llenaba de paz y de esa sabiduría natural que se desprendía de las entrañas de la Tierra, del viento, del agua y de la energía del fuego. Mi admiración por estos seres crecía, podía entender cómo nuestros ancestros indígenas habían podido construir sus grandes imperios para dejarnos un legado de historia y tradiciones que nos deberían llenar de orgullo.

Sentí que México y Perú estaban unidos por grandes lazos de conocimiento y sabiduría, que éramos hermanos de dignidad y de riqueza espiritual. Todas las razas indígenas de América éramos una sola, en el alma del Sol y de la Luna.

Me despertó el sonido del teléfono, ya era hora de levantarme, pues iba a hacer un tour de Cusco. Ese día recorrí como turista los lugares que me faltaba conocer, la catedral y Qorikancha, que sirve de cimiento a la iglesia de Santo Domingo, Sacsayhuamán. Caminé por sus plazas, probé su comida, disfruté la cordialidad de su gente y pasé un día encantador.

Ahí visite al Cristo Negro que se festeja el 18 de octubre, justo cuando yo lo fui a ver. Había mucha gente y una gran devoción que para mí fue una señal muy importante, porque el Cristo Negro protege de los temblores, fenómeno que preocupa también a los habitantes de México.

Sacsayhuamán, con sus muros megalíticos, me impresionó muchísimo. ¿Cómo habían podido los incas trabajar esos enormes bloques poligonales de piedra, transpórtalos, tallarlos, manipularlos y moverlos para acomodarlos uno sobre otro, cuando algunos de ellos pesaban 370 toneladas? La respuesta es inconcebible. Se me antoja pensar que por obra de magia, pues no tenían instrumentos de hierro o acero para cortarlos y pulirlos, ni tampoco tenían medios de transporte adecuados, ni bueyes ni carretas para traerlos de las montañas de donde extrajeron la piedra.

Éstos son los misterios que, hoy en día, con todos los adelantos tecnológicos y científicos que existen, los seres humanos todavía no podemos comprender.

La sobada con las hojas de coca me había inyectado fuerza y bienestar, así es que hice mil cosas: pude conocer Cusco y recorrer aquel lugar que los incas conocían como el Ombligo del Mundo y que dicen tiene la forma del cuerpo de un puma.

Por la noche llegué a empacar al hotel, pues mi vuelo de regreso salía a las seis de la mañana.

Llegué muy temprano al aeropuerto y al llegar al mostrador para registrarme en el vuelo vi que se aproximaba un grupo de seis hermanas vestidas con sus saris blancos con franja azul. Mi corazón se llenó de alegría, eran hermanas Misioneras de la Caridad de la madre Teresa de Calcuta. Me senté con ellas en el avión y todo el viaje recordamos momentos de su vida, supe que ella había estado conmigo durante todo el viaje, mi intuición me lo decía. Yo tuve el privilegio de conocer a la Madre Teresa y convivir muy cerca de ella, la considero mi guía espiritual. Ella es la que me puso en el camino del servicio. Mi amor por ella es enorme.

Desde la ventanilla del avión vi cómo, poco a poco, millones de luces de mi querida Ciudad de México inundaban la noche. Estaba regresando de un viaje que desee hacer desde hacía muchos años pero que se concretó en el momento en que estaba preparada, no sólo para hacerlo, sino para recibir las enseñanzas que me fueron regaladas.

Sólo ahora conozco más de mí misma, sé cuál es el camino que debo recorrer y las tareas que me esperan. No puedo dejar de pensar en Pedro y Mauro, pero sobre todo en Cucho, mi guía en el terreno sagrado de los incas, mi iniciador y mi cómplice. Inconscientemente toco mi *chakana* que cuelga de mi cuello. La observo y sonrío, ha sido mi compañera silenciosa, testigo de lo vivido y símbolo de la cultura que me ha dado tanto conocimiento.

Estoy llena de vivencias nuevas que deseo comunicar a los que amo, les traigo todo lo que recibí. Mi mente y mi alma fueron el recipiente de la luz del conocimiento del poder infinito de Dios, y estoy consciente de que lo debo compartir, pues dar con amor es el don más valioso que poseo.

Sólo puedo decir "gracias".

APRENDIZAJE: AMOR A LA VIDA

El amor, cuna de todo

Es tan grande la energía del amor, es tan inmensa y potente su luz que vuelve ciego al egoísmo.

El amor es la magia que transforma todo en la vida, todo lo vuelve bueno y generoso porque el amor todo lo quiere dar. El verdadero amor no pide nada de regreso y perdona siempre. Para el amor, servir es su privilegio, es una misión que anhela cumplir.

Los milagros se realizan únicamente a través del amor, porque es el conducto por el cual Dios se comunica con nosotros.

¡Atrévete a amar, vuélvete amor, acaricia tu existencia con amor y el tiempo que te reste de vida se convertirá en tu propio cielo!

Al terminar de escribir mis vivencias allá en Machu Picchu me doy cuenta de qué importantes han sido los encuentros en mi vida. Cada encuentro ha traído una lección, cada encuentro es un maestro que me enseña algo. No únicamente los encuentros con personas, sino con la naturaleza, con mis aliados de poder los animales, con los elementos, el cielo, el Sol, la Luna y las estrellas. Todo se convierte en símbolo que representa el Poder de lo Invisible que, de una u otra forma, nos va guiando en el camino.

Terminé mi viaje, llena de regalos para el alma, de vivencias bellas y profundas, de eventos extraordinarios que me han hecho comprender que formamos parte de un todo, que Dios creó el universo y a cada ser viviente con una razón para existir. Cada piedra, cada planta, cada animalito, cada río, cada montaña, cada mar tiene una razón de estar y ser. Todo es importante para que la vida continúe.

Éste es el mensaje que deseo comunicarles a ustedes, mis queridos lectores. Espero que hayan recorrido junto conmigo el Camino del Inca, un camino de iniciación en los misterios de sabiduría que encierra la Madre Naturaleza. No importa el lugar en que se encuentren, pues para la imaginación no existen los imposibles, ella nos puede llevar volando en las alas de un cóndor hasta ese lugar mágico y energético en la cordillera de los Andes y depositarnos en esa ruta que nos lleva al espíritu, ruta que podemos recorrer con los pies del alma.

Mauro me recibió con un mensaje que fue la contestación clara de cómo se puede mover el espíritu para hablarnos, cuando queda alguna duda refugiada en algún escondite de la mente.

Llegué al lado de Mauro, un buen hombre que nunca me había visto, que no sabía quién era yo y, sin embargo, me había soñado y me habló del ser que más admiro por haber sido congruente y haber practicado el amor incondicional y el verdadero servicio hacia sus semejantes, la madre Teresa de Calcuta.

Todo ese temor que tenía al llegar, de faltarle el respeto a mi religión, se disipó al encontrarme en el aeropuerto con las Misioneras de la madre Teresa, con las que compartí las horas del viaje de regreso a mi México.

Este viaje me sirvió para remover el recuerdo de mi herencia ancestral y valiosísima, herencia que todos poseemos y que nuestros antepasados nos legaron. Sin importar si nuestras raíces son indígenas o de otras razas, debemos valorar y enorgullecernos de la sangre que heredamos, porque una persona sin historia y tradiciones solamente sobrevive, vacía de recuerdos, sin la añoranza del olor de su tierra natal, de sus sabores, de sus colores, de sus canciones, cuentos y leyendas, que enriquecen las noches lluviosas y a veces solitarias de la vida.

Busca tus orígenes, no los dejes llenarse de polvo de olvido. Al conocer de dónde vienes vas a entender muchas cosas sobre ti, vas a descubrirte y vas a poder avanzar en tu evolución y dejar a tu paso una historia más completa de ti mismo y de tu descendencia.

Meditación

Me acomodo dentro de mí y le pido a mi imaginación que me transporte al lugar en donde se refugian mis anhelos.

Me dejo elevar con mi respiración, siento que es un suspiro profundo que me alivia y me llena de vida, y lo dejo salir, liberándome de lo que extraño, de lo que algunas veces me entristece. Repito dos veces más mi respiración de desalojo y me encuentro en paz.

El viento me acaricia todo el cuerpo. Estoy en lo alto de una montaña, en completa soledad. Las luciérnagas juguetean con mi pelo, escucho cómo resuena el viento en cada pico lejano, el dulce canto de una flauta de carrizos me hace sonreír y me llena de música.

El cielo está tapizado de estrellas, hay miles de ellas en el firmamento. Siento que la noche es mi amiga y me protege, la luna espanta al miedo con su luz y le quita poder, porque alumbra mi camino.

—Escucha y siente, en la oscuridad puedes percibir mejor —me dice la Luna—, pues muchas cosas externas se esconden de tu vista y tu atención está más cerca de ti. No te distraes con lo de afuera. Soy la Luna, tu parte femenina, yo te puedo llevar dentro de ti, te hago sensible para que la intuición se exprese en ti. Te convierto en un ser receptivo y mágico, me regocijo con la ternura y me encanta soñar.

"No te detengas, no temas, no dudes. Naciste de adentro de un vientre, te formaste en la oscuridad tibia y protegida, y en un momento preciso saliste a buscar la luz del Sol. Te formaste adentro, tu alma vive adentro, vuelve a encontrar tu interior.

"Vas en buena compañía: los *apus*, los *wankas*, las *wakas* y los *warpas* te abren el camino, la Pachamama te cobija y te alimenta, y la voz de la Luna poco a poco se esfuma en la noche."

Ya estoy en mí, estoy en paz, una ráfaga de viento me lleva. Está amaneciendo y los tenues rayos del sol iluminan el paisaje y alumbran las piedras de la ciudad sagrada de Machu Picchu. Me despido llevando en mí su sabia esencia.

El viento me deposita suavemente en mi mundo real, inhalo y mi respiración pausada me recuerda que debo continuar en mi camino.

Tu conciencia dice: "Ve, te ilumino para que busques las plumas del cóndor o del águila, aquellas que te hacen falta para crecer, aquellas que te tienes que ganar en el camino hacia el recinto donde esperan tus anhelos para que los traigas a tu realidad".

Las plumas

El chamán Cucho me regaló una pluma de cóndor y una piedra como recordatorio de mi mágico viaje a Machu Picchu.
Como sé que la casualidad no existe, ya que todo en la vida
tiene una causa que nosotros mismos generamos con nuestros
pensamientos, sentimientos y actos, al estar escribiendo mis vivencias me llamó la atención el detalle del regalo de la pluma
de cóndor y me puse a reflexionar sobre el significado de las
plumas para los indígenas y, como por arte de magia, me llegó la información.

La obtención de una pluma de manos de un maestro chamán es
como el regalo de una enseñanza, pues cada enseñanza es un regalo que embellece y enriquece nuestra vida.

Todo lo que enseñan las tradiciones de nuestros tatas indígenas proviene de lo que les enseña la naturaleza, el Sol, la Luna,
las estrellas, la Tierra, el agua, el fuego, el aire, los animales,
los árboles, las plantas, las flores, las piedras, las montañas, los
ríos, las semillas, los caracoles, las águilas, la oscuridad y el silencio. Pero todo es movido e impulsado por el espíritu.

Ellos se alimentan de la memoria de las enseñanzas de sus
antepasados, recuerdan sus tradiciones y observan lo que la na-

turaleza les comunica y lo que su cuerpo entiende por medio de la disciplina, aplicando siempre el poder del pensamiento. Tienen muchas técnicas de meditación, porque saben aprender del silencio, aprenden a escuchar lo que dice el interior.

Las plumas son los premios que se alcanzan cuando algo se ha aprendido, porque ya se aplicó y se superó, sobre todo cuando ya se ha vencido el miedo.

Las plumas representan el vuelo de la libertad, el camino hacia la liberación de los amarres del cuerpo, para que el alma pueda volar y vaya a encontrarse con el espíritu.

SIMBOLISMO DE LAS SIETE PLUMAS

Al cóndor y al águila se les da el nombre de "Señor de los Espacios". Cuando llega el cóndor, significa que la fuerza que se necesita es la fuerza masculina. Cuando llega el águila, quiere decir que se necesita hacer uso de la intuición femenina para actuar, aunque los dos representan las dos fuerzas.

En el aprendizaje hay siete plumas que uno debe entender y cumplir con su enseñanza.

Primera pluma: entender que nada ocurre por azar.

Segunda pluma: darse cuenta de que se debe enfrentar el miedo y romper las cadenas que nos tienen presos.

Tercera pluma: el gran poder de la atención. Es una fuerza que nos hace vivir hoy, aquí y ahora, nos ubica en el lugar correcto para poder observar, para volvernos testigos de nuestra propia vida.

Cuarta pluma: aprender a recibir la fuerza que viene del espacio para poder acumularla y enseguida compartirla.

Quinta pluma: debemos aprender a sentir y amar verdaderamente. No niegues tu naturaleza, conócela, gózala y manéjala.

Sexta pluma: verse a uno mismo, sin disfraces, sin temor y sin inventar excusas.

Séptima pluma: esta pluma se obtiene cuando se despierta; cuando se obtiene la conciencia de sí mismo y del mundo; cuando ya conoces la tierra de tu cuerpo; cuando la intuición está alerta; cuando alguien ha soplado en tu rostro, abriste los ojos y viste la verdad; cuando ya sabes sumergirte en el silencio; cuando comprendes el idioma de la naturaleza y ella te escucha; cuando amas y respetas profundamente la vida. Entonces ya entiendes y conoces la libertad de los ángeles, la que baña con amor todo lo que vive.

Anhelo con toda mi alma que en tu camino de vida vayas consiguiendo "las plumas" que te hagan falta.

Gracias por acompañarme.

Tu amiga LILIA

Epílogo

Hoy, tal vez más que en cualquier época, el hombre está en la búsqueda, lo que no deja de alegrar el corazón de los amantes de la verdad. Es una sed inextinguible y bendita por la verdad, cuya búsqueda radica en su dimensión universal, va por encima de fronteras o banderas. Es una intrépida voluntad por encontrar lo que a pesar de todo unirá a lo pueblos del mundo entero, sin quitarles su propia identidad, su rostro o su historia.

Es esta verdad invisible la que se deja contemplar a través de las distintas tradiciones, ya que en el fondo no existe entre ellas la menor contradicción. Al unirse en el tiempo apropiado, cada una de las tradiciones logrará el milagro de la luz que da el entendimiento y el respeto.

En este movimiento surgen hombres y mujeres con visión profética, cuya misión es construir puentes que unan las diferentes expresiones. Lilia Reyes Spíndola es una de estas personas que nuestro mundo necesita tanto, es una "hacedora de puentes".

Lilia tiene raíces muy profundas en su tradición católica, pero al mismo tiempo sus ramas crecen más allá de los muros y mezclan su follaje con el de sus vecinos más cercanos. Es, a su manera, una auténtica enamorada de Dios y de sus ángeles, un testigo de la belleza de la creación y de la bondad del creador en este siglo desencantado.

En este libro, Lilia camina al encuentro de una cultura cuya nobleza no deja de admirar a los que la contemplamos con amor, la magnífica cultura de los hermanos incas. Ella va acompañada de su propia historia religiosa, de la cual se siente orgullosa. Sin ser un especialista en la cultura de ese pueblo, víctima como tantos otros de una conquista brutal y vergonzosa, quiero unir mi voz a la de Lilia y a la de todos aquellos que alaban la increíble belleza de su corazón y su cultura, que se manifiesta en la suntuosidad de su arte y en la arquitectura de sus sitios sagrados como Machu Picchu, lugar a que nos llevan las aventuras vividas y narradas por la autora. Éste es un viaje inolvidable en el que se prepara al lector para ser guiado por las mujeres y los hombres silenciosos de aquella cultura. Este recorrido se transforma en una experiencia iniciática cuya meta es la transfiguración del ser al contacto con las vivencias de otra cultura.

Como sacerdote de la Iglesia católica, quisiera invitar a los lectores a correr el riesgo de este encuentro, de conocer otro punto de vista. Su visión esencialmente poética de la realidad hace vibrar unos acordes de los cuales nos hemos alejado durante muchos años. Son los acordes básicos de la creación en su armonía inicial, es urgente que los volvamos a descubrir antes de vivir el Apocalipsis que con singular inconsciencia y apuro estamos planificando los seres humanos.

Si acaso hubiera tenido alguna duda al momento de redactar este epílogo, hubo un modesto detalle que me la hubiera quitado de inmediato, pues como dice la voz del poeta, "el azar es Dios cuando viaja de incógnito". Cuenta Lilia que al final de su estancia en Machu Picchu se le hizo un regalo simbólico, una piedra y una pluma. Yo recibí, el 22 de septiembre de 1985, un regalo similar en Tierra Santa, al término de un viaje que también fue misteriosamente iniciático. Este regalo lo he conservado en mi altar, pues estos dos objetos aparentemente sin importancia simbolizan para mí *la gravedad y la ligereza* en nuestra experiencia humana.

Gracias, Lilia, porque esta verdad olvidada, del esplendor y estupor de un hombre en medio del universo, resuena una vez más desde los altos peñascos de Machu Picchu y llega a nuestro mundo ruidoso y a nuestras almas sin descanso.

Philippe Emmanuel Rausis d'Entremonts
Sacerdote católico

El chamán de Machu Picchu, de Lilia Reyes Spíndola
se terminó de imprimir en julio de 2011 en
Quad/Graphics Querétaro, S. A. de C. V.,
Fracc. Agro Industrial La Cruz El Marqués
Querétaro, México.